去年の冬、きみと別れ

中村文則

幻冬舎

去年の冬、きみと別れ

M・Mへ
そしてJ・Iに捧ぐ。

1

「あなたが殺したのは間違いない。……そうですね？」

僕が言っても、男は表情を変えない。上下黒のトレーナーを着、だらけたように、身体《からだ》を椅子にあずけている。透明なアクリル板が間になければ、僕は恐怖を感じただろうか？頰が削《そ》げ、目がやや落ち窪んでいる。

「……僕はずっと疑問に思っているのですが。……あなたはなぜ、……殺害後、亜希子さんの……」

――早まってはいけない。

男が言う。表情は相変わらずなかった。悲しんでいるようにも、怒りを覚えているようにも見えない。ただ、疲れていた。この男は、ずっと疲れている。

――僕から、逆に質問しようかな。

男の声は、アクリル板を隔ててもよく聞こえる。

――覚悟は、……ある？

「え？」

辺りが冷えていく。

――覚悟はあるのかと、聞いてるんだよ。

男が真っ直《す》ぐ僕を見ている。さっきから、男は一度も僕の目から視線を逸《そ》らさない。

――……きみは、僕の内面が知りたい。そうだろう？……なぜあんな事件を起こしたのか、その僕の心の奥底が知りたい。……でももう、僕の元に、直接面会に来る人間はいないんだよ。……これがどういう意味かわかる？

男は顔の他の筋肉を一切動かさず、口だけを動かしている。

――僕はきみに向かって、すがりつくように、話し出すかもしれないってことだよ。……孤独は時に、人を多弁にする。きみはこのアクリル板を通して僕に会う余裕があるだろう。でもね、僕の感覚ではこうだよ。三畳くらいの空間で、膝を突き合わせきみと語り合っている。……想像してみるといいよ。異様な犯罪を犯した人間の話を、そんな至近距離で、内面の全てを開かされる。……まるできみの中に、僕を入れていくみたいに。

「……僕の中に？」

――そうだよ。僕の中の何かが、きみの中に入ってしまうかもしれない。きみの中の何かが、それによって活性化されていくかもしれない。……まるで僕が、……これから死刑になる僕が、きみの中で生き続けるように。……平気なのか？

「わかりません」

僕は正直に言う。

「でも、僕はあなたについての本を書くと決めたのです」

部屋がまた冷えていく。日々掃除されているのだろう、古びてるのに、床には糸くず一つない。

——なぜ？……きみもＫ２のメンバーだから？

制服を着た男が、男の背後で僕を見つめている。部屋の壁が気になり始める。少しずつ、男を中心に、この部屋が狭くなっていくみたいに。僕は息を吸う。目の前のアクリル板を意識する。大丈夫だ、と頭の中で呟《つぶや》く。確かに会話口は空いている。でも、この穴は小さい。二人きりでもない。時間制限もある。

「……僕は、ただ興味があって、Ｋ２に」

——興味。……危ないね。

制服の男が立ち上がり、僕達に時間を知らせる。僕は息を吐く。ほっとしている自分を感じている。男が僕を見ている。そんな僕を。

――いいよ。……また来るといい。

男は去り際に言う。背後のドアが開く。

――でも、きみに教えられるかどうか、自信がない。……自分のことを分析するのは得意じゃない。だから。

男が連れられていく。

――きみと二人で、考えていくことになるのかもしれない。……僕がなぜ、あんなことをしたのか、ということを。


拘置所を出ると、辺りは薄暗くなっている。

息を吸い込む。でも排気ガスの溶けた空気に、新鮮さは感じられない。僕はポケットを探っている自分に気づき、手を止める。遠くにコンビニエンス・ストアの明かりが見える。男の声が、耳元でまだ響いている。

雨に濡れた広い道路を横切り、コンビニの店内に入る。煙草のディスプレイをしばらく見つめ、手に取り、ライターと共にレジのカウンターに置く。煙草のパッケージ、そのビニールの光沢にふれた瞬間、指に微《かす》かな温度を感じた。

痩せた店員は散漫な動きで、リーダーをつかみバーコードを読み取っていく。なぜだかわからないが、僕はその店員の動きに圧迫感を覚えている。外に出、火をつける。禁煙していた煙草。

喉の渇きを感じていた。この渇きは、恐らく水じゃ治まらない。

周囲を意味もなく見渡し、歩き始める。バッグの中の、ノートとレコーダー。不意にそれらを酷《ひど》く重く感じる。レコーダーは、面会室に持ち込むことはできなかった。

強い雨が降り始める。地面が濡れているから、一時的に止《や》んでいただけなのだろう。人々が雨を避けるようにかけていく。濡れながらぼんやり立つ僕を、彼らは一瞥《いちべつ》しながら通り過ぎていく。関わりたくない異物でも見るみたいに。僕は手を頭の上にかざし、小走りでかけ始める。本当は、濡れようがどうだろうが、構わないというのに。

もう一度見てくれ、と僕は誰に対してかわからない言葉を浮かべている。僕は、雨を避け、こうやって小走りになっている。君達と一緒だ。

視界の果てに、小さなバーの明かりがついたのが見える。夕暮れの空気の中、明かりは様子をうかがうようにつき、点滅しながら一度消え、また弱く灯った。

雨宿りするだけだ、と僕は思ってみる。バーの光に近づいていく。まだ指紋の跡のないガラスのドアを開け、カウンターに座り、ロックのウイスキーを注文する。開店と同時に入ってくる客を、店が怪しんでいる。

「……雨が降りましたね」

「……え？」

「いや、雨が」

　僕の言葉の力が消えていく。ウイスキーを出され、グラスに口をつける。液体を舌に乗せ、その甘い熱の広がりを感じた瞬間、すぐに飲み込む。僕の喉の我慢がきかなくなり、一気に仲間を招き入れたように。カウンターの向こうで、マスターの男が僕を見ている。禁酒者がそれをやめる瞬間を、この男はきっと多く見ている。

「覚悟は、……ある？」男の声が浮かぶ。覚悟？　僕は笑みを浮かべようとする。またウイスキーに口をつける。飢えた昆虫のように。アルコールで額や胸に熱がこもっていく。覚悟などいらない。僕にはもう、守るものがない。

資料　1

姉さん。拘置所はそれほど悪くない。もう随分経《た》つけどね。……またこんな手紙を書くのを許して欲しい。手紙はどうしても内省的になる。また僕は、姉さんの気持ちを乱してしまう。

でも、なぜだろう？　なぜ人間は、誰かに何かを伝えたくなるのだろう？　わからない。僕のことは、社会には恐らく間違って伝えられている。それは別にいい。なぜなら、僕自身にもわかっていないから。なぜ自分が、あんなことをしたのかということを。なぜ自分は、これから死刑になるのかということを。

姉さんは、僕のことを許してくれる。いや、正確に言えば、受け止めてくれる。でもここには、そんな存在はいない。拘置所は悪くない、と書いたばかりだけど、例外があるんだ。夜だよ。眠れない時、僕はこの場所がとても怖くなる。拘置所の独居房（世間を賑わせた犯罪者は独居にいれられるんだ）の中で、建物のコンクリートと、僕を外界から閉ざす鉄の扉が、強調されていくように感じる。全ての音を、コンクリートと鉄は無関心に響かせていく。重く、無造作な、その硬さが怖くなるんだ。閉じ込められていることよりも……、わかるだろうか。

自分のした行為が映像となって目の前に浮かんでくる。その時の温度、空気の感触、あの時の全てを自分が追体験していく。目をこする、唾を飲み込む、そんな些細《ささい》な動きさえも。でもその時、目の前に蝶が飛ぶんだ。もちろん本物じゃないよ。僕の狂気の記憶、その映像を邪魔するように、蝶が。……まるで、僕を助けにくるかのように。

僕が初めてカメラを手に取った時のことを、覚えてるだろうか？

社会の視点で言えば、それは最悪の出会いになるのかもしれない。僕とカメラ。でも僕にとってカメラは全てだった。文字通り、全てだよ。僕はカメラのレンズを通して、世界と接していたのだから。

初めのカメラ、玩具《がんぐ》のような黒いポラロイド。僕の人生の、初めの被写体は姉さんだった。「もし私がいなくなってもいいように」。まだ12歳だった姉さんはあの時そう言ったんだ。僕も危機を感じていた。姉さんと僕が父親に殺されたとしても、この世界に生きた証拠を残したい、そうしなきゃいけないと……。いや、今嘘をついたよ。そうじゃない。僕は、自分が死んだってどうでもよかったんだ。僕が思っていたのはこういうことだった。「もし姉さんが殺されたとしても、毎日顔が見られるように」。姉さんは、自分が殺された後のことを、とても気にしていたよね。自分が死んだら、小さい弟はどうなるのだろうと。だから姉さんは言ったんだ。「私の全部を写真に撮るの。私の全部を、この写真の中に入れて」。……姉さん、あの時、本当に僕のためを思ってそう言ったの？　それだけじゃないだろう？　もちろん僕を心配していたのは本当だろうけど、姉さんは、まだ子供だった姉さんは、自分の姿がそのまま紙に現れる「写真」という現象が不思議で仕方なくて、もしかしたら、自分はこの中に乗り移れると思っていたんじゃないの？　そうすれば、姉さんは安全な場所に行けるから。部屋の鍵のついた小さな戸棚の中、誰も関心を持たない冷蔵庫と食器棚の隙間、家の外、あの公園のコンクリートブロックの隙間、花壇の裏。……もしかしたら、僕を置いて、姉さんはどこかへ行きたかったんじゃないだろうか？

　大人になってから、僕の写真がいくつかの賞を取れたのは、でもあの時の経験があったからだよ。僕は姉さんを、本気で写真の中に取り込むつもりでシャッターを切っていたから。何度も、何度も、姉さんから姉さんを奪うつもりで。……後に残ったのが、抜け殻のようになってしまったとしても。僕は姉さんそのものを、写真の中に取り込もうとした。

僕が本当に欲しかったものが姉さんでも姉さんの写真でもなかったことに気づいたのは、ずっと後のことだったんだ。

嫌なことを思い出させて悪かったよ。弁護士をつけてくれてありがとう。国選の弁護士になるとばかり思っていたから、嬉しかったよ。あの弁護士はつけてる時計も派手だし嫌な奴だけど、いないよりはましだから。

……何でだろう。何がましなんだろう。……僕はどちらにしろ、死刑になるというのに。

2

机の椅子で寝ていた。頭痛がする。

グラスに、氷で薄くなったウイスキーが残っている。あの店で酒を飲み、帰ってからも飲んでいたことになる。

冬の水道水の冷たさを思うと、顔を洗いたくもない。パソコンを起動させ、煙草に火をつけた。午前十一時。僕はどれだけ眠ったのだろう。

データ化してある資料を見る。逮捕時よりも、現在の彼の方が随分やつれていた。

木原坂《きはらざか》雄大《ゆうだい》。35歳。二人の女性を殺害した罪で起訴され、一審で死刑判決。現在は高等裁判所への控訴前の被告になる。職業はカメラマンであるが、アート写真しか撮らず、主に母方の祖父の遺産で生活していた。

幼い頃、姉と共に児童養護施設で暮らしている。母が失踪し、日々酒に沈んでいく父親から姉弟で逃亡したところを警察に保護され、養護施設に入ることになる。彼らが父親から暴力を受けていたかはわからないが、二人はネグレクト、つまり育児放棄による栄養失調の状態にあった。

そこからの記録はしばらく途切れる。児童養護施設で、彼ら姉弟がどのように育ったかはわからない。でもやがて姉は独立し、弟は自動車の部品メーカーの工場で働きながら、写真の専門学校に通うことになる。

木原坂の母は駆け落ちのような形で、木原坂の父と結婚しており、家からは勘当されていた。失踪後も実家に帰った形跡はない。祖母は死んでおり、残った祖父はいつまでも自分の娘を、そして娘が産んだ二人の子供を認めなかった。でもその死後、他に肉親のなかった祖父の遺産は二人の姉弟に相続されることになる。

カメラマンとしての木原坂は、評価がなかなかに高かった。いくつかの賞に入選し、四年前、イームル賞という海外の中規模の賞を受賞している。『蝶』という名の写真。一見合成写真に見えるが、そうではなかった。

保存していたパソコンの画像ファイルを開く。フィルムによる写真であり、現物の写真の所在はフィルムと共に不明となっている。この画像は、賞を受賞した時、雑誌に掲載されたもののデータになる。画像をクリックし、息を飲む。何度見ても、この写真は僕を動揺させる。

無数の黒い蝶が、白い部屋の中で乱れ飛んでいる。それは煙のようにいくつかの渦を巻き、部屋の中央から弾《はじ》けるように、爆発的に広がっている。その無数の蝶の乱れの向こうに、人間がいる。女だ。でも膨大な数の蝶の陰になり、姿が見えない。隠れている。服を着ているのかすらわからない。一見女かどうかもわからない。でも、それは女だった。なぜだかわからないが、それがわかる。

〝真の欲望は隠される〟。賞の授賞へと推したあるロシアの写真家が、この写真を評している。

〝タルコフスキーが映画で描いているように、人は自分の本性を知らずに一生ふり回される。この写真を観る者は、自己の中へ浸水していく。この蝶が、己の真実を知りたくないと望む、観る者の意志による自らの妨害なのか、神による善意なのかはわからない。この蝶が消えた時、己の本性を知った観る者を取り巻く世界は、どのように変貌するだろう〟

続けて評者はこうも書いている。

〝この隠された者は女に見えるが、女ではないかもしれない。男ですらなく、人間ですらなく、性ですらないかもしれない〟

確かに、これは女ではないのかもしれない。ではなぜ僕は、すぐ女と思ったのだろう。

〝ある牧師が世界の平和を願い神に祈りを捧げた時〟

ロシアの評者はなおも続ける。

〝牧師の本当の願いを知った神が微笑《ほほえ》みながら与えるのは、世界の平和ではなく、服を着ていない幼女かもしれない。牧師の本当の願いを叶えようとした神が、残酷にも無垢《むく》で万能であったなら〟

写真を眺め続けながら、鼓動が微かに乱れていく。僕は画面を閉じる。

この写真の実物を見た外国のギャラリー達の感想の中には、このようなものもある。

〝この写真はまるで浮き出しているかのようだ〟

〝肉厚の絵の具で描かれたゴッホの油絵のように。この写真は平面でありながら立体として存在している〟

実物を見てみたい。そう思うが、現物の行方は不明となっている。

僕はまた煙草に火をつける。グラスに残る、溶けた氷で薄まったウイスキーを喉に流す。何かの助けを借りなければ、上手《うま》く対峙できない。ＯＦＦになったパソコンの黒い画面に、まださっきの写真が焼きついている。目を閉じるが、瞼《まぶた》の裏にもそれが出現してくる。僕は画面から離れる。

机の他に、簡素なベッドしかない。この部屋には冷蔵庫すらない。まるで、生きている人間の部屋じゃないみたいに。

僕はいつから、自分に関心を失ったのだろう。

思考を振り払うように、紙のファイルを開く。木原坂に、手紙を送ることに決める。何度も会えば、飲み込まれる。まずは彼を知らなければならない。恐らく、手紙を出したらすぐ、彼は返事を書くだろう。気味が悪いほどのスピードで。飢えて待っていたみたいに。

取材対象は、でも木原坂本人だけでは足りない。木原坂の姉は今、上野で独り暮らしをしている。会えるだろうか。会わなければならない。

それから木原坂の唯一の友人といえる加谷《かたに》という人物、そしてK2のメンバー達。

K2。僕はなぜ、あのサークルに近づいていったのだろう。

〝真の欲望は隠される〟

笑みを浮かべようとしたが、できなかった。

資料　2

きみには前にも伝えたけど、早まってはいけないよ。そのルールだけは、守って欲しい。きみは僕の本を書く。それはいい。でも僕の内面に、土足で入るのだけはやめてもらいたいんだ。なぜなら……、僕も一応、人間だからね。死刑になるとはいえ、人間なのだから。

ただ、これはきみの作戦なんだろうか？　手紙で書かせるというのは。確かに、僕は手紙では饒舌《じょうぜつ》になる。手紙は内省的になるからね。……悪くないアイディアだよ。君はずるい人間なのかもしれない。でも、僕の方だってただ、一方的に踏み込まれるのは好きじゃない。

こうしないか。きみのことを教えてくれ。何もないとは言わせない。なぜなら、君は僕に興味を持ったのだから。さらには、Ｋ２のメンバーなのだから。つまり僕からの条件はこうだよ。

僕の内面をきみに教える代わりに、きみの内面を僕に教えて欲しい。狂気の交換、と言ってもいい。

どうだろうか？　質問をしているけど、きみに選択肢はない。わかったね。まずは僕から、少しだけ語ろう。

Ｋ２。あのサークルは何だったのだろうね。人形を必要とする者達、その彼らが求めた場所。でも、僕はＫ２に足を運ぶようになる前に、別のサークルに加入していたんだ。蝶だよ。蝶の収集家達が集まる、小さなグループだった。

蝶の収集家は世界中にいる。蝶の羽は、時に人を狂わせるんだ。蝶達は、その人を狂わせる羽で逃げながら宙を舞う。でも収集家達はそれらを追い、確保し、手中に収めていく。次々と、次々と。際限もなく。

蝶の羽の模様が様々なのは、異性にアピールしたり、擬態として身を隠したり、敵を脅したり、毒の蝶を真似たり、魅力的な理由が色々ある。オスの方が派手だけど、でもオスは模様の静かなメスに吸い寄せられていく。蝶達もまさか自分達の羽が、自分達の生活圏と関係のない人間という生物を狂わせるなんて、思ってもみなかっただろう。ちなみに蝶は一頭、二頭と数えていくんだ。……知っていたかい？

見事な標本を何度も見たことがある。たとえば、日本に生息する蝶に狂い、長野の山間部に住むようにまでなったアイルランド人のコレクション。鮮やかだった。色とりどりの蝶が、爆発するように、標本箱の中で色彩を放っていた。僕が写真を撮っていいかと聞くと、彼は自慢げにコレクションを見せてくれた。でもね、今でも覚えているんだけど、彼は途中で撮影を止めさせたんだ。まるで僕に蝶達が奪われていくとでも感じたみたいに。僕の写真の中に、それらが取り込まれていくとでも恐怖したみたいに。

「空白を埋めるんだよ」

そのアイルランド人は、撮影を止めさせた後、僕にそう言ったことがある。

「ほら、見てくれ。この標本箱の、このスペース。あと三頭、ここに入れることができる。僕はこの空白を埋めなければならないんだ」

当然のことだけど、その標本箱が埋まった時、彼はまた新しい標本箱を用意するんだよ。そして埋めていく。彼の言う空白を。

ちなみに彼は、羽に目玉のような円の模様があるタイプの蝶もよく好んでいた。そういうタイプの蝶は数多い。その円は元々、敵である鳥を脅したり、また、身体を攻撃されるよりはダメージの少ない羽をわざと襲わせるための、誘惑の意味合いもあったりする。恐怖を与え、かつ惹《ひ》き込んでいく……、そんな蝶に惹かれるのだから、彼の内面には相当な泥濘《ぬかるみ》があるのだと思うよ。

僕は標本にすることに興味はなかった。ただ、あの羽の美しさに惹き込まれ、彼ら収集家達と行動を共にすれば、珍しい蝶に出会えると思っていた。僕が興味を持ったのは、写真だよ。蝶達の写真。

ただ問題があった。でもそれは、写真そのものが抱える問題でもあった。

僕の言葉を、きみは理解できるだろうか？　写真とは、連続していく時間の、一瞬を捉《とら》えるものだ。ある蝶がいた。僕を狂わせた一頭の蝶。僕はその蝶を捕獲し、生きたまま所有した。写真を撮るためにね。でもね、きりがなかったんだ。一瞬でも、一秒でも目を逸らせば、その蝶は僕の知らない姿を現すことになるから。

蝶から目を離す。その時の蝶を、僕は所有していない。もっといえば、右側から撮った時、左側の姿を僕は撮っていないことになる。ならばビデオを撮ればいい、と思うだろうか？　違うんだ。僕が欲しいのは一瞬だから。その蝶の、一瞬が欲しいのだから。でもその蝶にとって一瞬は、無数にある。僕はその全てを、撮ることはできない。

僕は一日中、その蝶に向かってシャッターを切り続けることになった。その蝶を愛していたからだろうか。わからない。カゴに入れて所有していたのに、僕はその蝶を完全に所有できていない絶望感の中にいたんだよ。いや、それはこの世界の仕組みそのものに対しての絶望だったかもしれない。なぜ〝対象〟を目の前にして、僕達はその一部しか認識できないのか、把握できないのか――。僕が一度目の入院をしたのは、その蝶がきっかけだった。僕は覚えていないけど、食事もせずにシャッターを切り続け、倒れた僕を介抱してくれたのは姉なんだ。そこから病院へ行った。精神的な領域の、病名がついたよ。不安神経症、だったろうか。医学は、人の逸脱に名前をつけて安心するんだろう。

僕が標本に興味のなかったことを、わかってもらえただろうか。僕は蝶を標本にする奴らの気持ちがわからないんだ。だって、彼らは蝶を殺し、動きを、その可能性を封じているのだから。美しく飛んだ時の蝶を、彼らは所有することができないのだから。……そうだろう？

K2。僕が動いていく蝶から、動かない人形へと興味を移したのは、そういった理由があったのかもしれない。でもね、そうとも言い切れないんだ。だってそうだろう？　人形が動かないなんて、いつも同じ姿しか現さないなんて、誰が断言できるだろう？

……話し過ぎたね。きみの作戦はどうやら成功しているようだ。確かに手紙は、内省的になる。しかもこんな夜は……。

もうすぐ消灯の時間だ。扉の開く音が、上の階で響いたからね。ここにいると、耳を澄ますだけで大抵の状況がわかるようになる。耳が敏感になっていくんだ。硬いコンクリートや鉄の扉が、まるで僕の鼓膜と一体化しているかのように。……この耳を持って外の世界に出たら、僕はあれほどまで視覚にこだわらなかったかもしれない。いや……、どうだろう。同じことだろうか。

もうすぐここにも足音が近づいてくる。だからこの手紙を終える。

次はきみの番だよ。

3

古びた旅館の一室。案内してくれた老婆の声は、小さくてほとんど聞き取れなかった。粗末なテーブルに、二つの座布団がある。窓からは、すぐそばに立つ細い木々しか見えない。その枝の群れは近過ぎ、葉の先が窓にふれている。傷んだふすまにはっきりとした破れ目はないが、黒い林のような不可思議な模様は随分と色褪《いろあ》せている。

木原坂の姉、木原坂朱里《あかり》に何度目かのコンタクトを取った時、この旅館を指定された。人目につきたくないのだと言う。無理もない。彼女は殺人者の姉だった。この旅館と彼女にどういう関わりがあるのかはわからない。

窓を開け、煙草を吸う。木の枝が部屋の中にまで伸びてくるように思えた。枝から目を逸らし、カバンの中のレコーダーを意識する。彼女は録音を許可してくれるだろうか。

ふすまが開く。背の高い女が入ってくる。朱里だった。資料の写真で、顔は知っていた。木原坂の家から出てくるところの、彼女の写真。彼女が小さな声で何かを言うと、案内をした老婆は頷《うなず》いて廊下へ消えた。二人いるのだろうか。さっきとは別の老婆だった。

テーブルを挟み、僕の正面に座る。彼女の目に、思わず視線がいく。写真を見た時からそうだった。直視してはならないものを、直視したくなる感覚。

「……木原坂の姉の、……朱里です」

「はい。僕は……」

名刺を渡す。でも、彼女は見る気配もない。

「あの」

彼女の声は細く、小さかった。

「どうして、私の住所を」

彼女はそう言い、僕を見つめる。世間話も、様子をうかがう言葉もない。

彼女は今、姿を隠している。弁護士が間に入り、匿《かくま》われている状態にある。誰もその所在を知るはずはなかった。

でもこの取材には、この本を出す予定の版元、その編集者の手を借りている。彼らには、彼らのルートがある。警察とはまた別の。

「……僕は、こういう仕事をしていますので。……失礼とは承知しているのですが、僕は、木原坂さんの」

「本を書くのでしょう。なぜですか」

　警戒するようにこちらを見ている。でも、なぜだろう。本当に警戒しているようには見えない。まるでわざとそういう表情をし、内面では笑みを浮かべているように思える。この女性は妙だ。それとも、ただ僕がそう感じているだけだろうか。

「僕にも……わかりません」

「あの写真を見たからですか。……『蝶』という、弟の写真」

　不意に、彼女の周囲に、爆発的に無数の蝶が飛ぶイメージが浮かぶ。鼓動が、微かに乱れている。僕は煙草に火をつけようとするが、ライターがつかない。

「……あなたも惹かれているのですか。ああいったものに」

「……いえ」

「何が見たいのです？」

　彼女がまた僕を見つめる。これは、どのような目だろう。まるで僕を心配でもするように。心配しながら、でも引き込んでいくみたいに。彼女が僕を見たまま口を開く。

「……あの写真を、長く見つめたことがおありですか」

「……いえ」

「……動くように見える、と仰《おつしや》ってる人がいました。……背後の、何かが」

僕は窓を閉めたくなる。でも、僕の位置から窓はもう遠い。枝が入ってくるように感じている。無数の枝が、この部屋の中に。

「……録音を、してもいいですか」

「……駄目です。あなたの耳で聞いてください」

ライターはいつまでもつかない。僕は煙草をパックにしまう。

「……あなたと弟の雄大さんは、二人で協力し合いずっと生活をしてこられた。子供の頃の雄大さんは、どういった少年でしたか」

でも彼女は何も言わない。ただずっと僕を見ている。

「子供の頃の、雄大さんは……」

彼女はなおも沈黙を続けている。僕はもう一度、窓を閉めたくなる。この窓は、風景に向かって開き、外を見せるためのものでなかった。まるで周囲の木々から、この部屋を守るためのものであるかのように。

彼女は赤いセーターに、黒のスカートをはいている。肩まで伸びた黒い髪の陰で、小さなピアスが光を受け反射している。ふと口元が緩んだ気がした時、彼女が突然口を開く。

「弟は、カメラを、まるで自分の身体の一部のように使っていました」

ずっとペースがつかめない。でも僕は合わせるしかない。

「少しおかしいと思ったのは……いつからでしょうか。……覚えていませんが、一度……、あの時です。……親元から、父から逃げようと二人で決めた時、雄大は私の写真を撮りました。それで、……『これで大丈夫だね』と言ったんです」

「……大丈夫？」

「意味が、わからないでしょう？　多分こういうことです。二人が捕まって、もし殺されたとしても、無事の時の私を撮ってあるから大丈夫。……そういうことです」

僕は考えを巡らす。

「……わからないです」

「ええ、そうでしょう。……あの時、お巡りさんの姿を見て、私達は走って逃げたんです。……おかしいですよね。普通にしていれば素通りしてくれたはずなのに、わざわざ逃げたから……、それで保護されて、施設に。……結果的にはよかったんです」

「……施設では、どういう」

「いえ、……普通ですよ」

「その頃のお写真は」

「ありません。……私が捨てました」

彼女が僕を見る。話の文脈とは合わない、不思議そうな目で。何だろうこの女性は。何だろう。

「……捨てた？」

「はい」

「なぜです？」

彼女が微笑む。

「妙な話に聞こえるでしょうけど、……雄大に写真を撮られると、変な気分になるんです。……自分を、切り取られるような。自分の本性を、奪われるような。……写真に、出てしまうのです。本当のその人の姿が。……私は気味が悪くなって、自分の手元にあるものも、弟が所有していたものも、私を撮ったものは全て捨てました」

「……全て？」

「いえ。……一枚だけ、残っています。子供の頃のものが。……それだけは捨てられなかった。特別なものでしたから」

「……あなたは、一度目の事件は、雄大さんは無実だとずっと言い続けていました」

「今でもそうです。でも……、こんなことになってしまったら、もう駄目ですね」

「……あの写真は」

「『蝶』ですか？」

「……はい。あのモデルは、あなたなのではないですか？」

僕が言うと、彼女はまた微笑む。

「あのモデルはあなたで、雄大さんは、あなたに特別な、つまり、姉弟以上の感情を」

「違いますよ」

「もしかしたら、雄大さんはあなたを通して、失踪してしまった母を」

「……早まってはいけません」

木原坂雄大にも、同じことを言われたと思い出した。

「それに、違うのです。……あなたは何もわかっていない。そんな理解力しか持ち合わせていないなんて」

彼女が僕を見つめ続ける。哀れむように。

「あなたでは無理ね」

「え？」

「私達の領域にまで、来ることはできない」

「領域？」

「あなたには、とても私達の本は書けない」

僕はまた窓を閉めたくなる。枝が伸びてくる。この部屋に。

「気の毒な人です。カポーティの『冷血』を読んだことは？」

「……あります」

「そうですか。意外でした。カポーティはあのノンフィクションを書いて、心を壊してしまった。一家を惨殺した、あの犯人達のノンフィクションを。……でも彼はそれを書き上げることができた。だけど……、あなたは途中で投げ出すでしょう」

部屋の温度が冷えていく。

「……でも書くのでしょう？」

「……はい」

そう言うしかなかった。意識的に息を吸う。僕は彼女を見る。

「その……昔の写真を、見ることはできますか。あなたと、雄大さんの」

「私の部屋にあります。……来ますか」

彼女が僕を見る。心配そうに。そうであるのに、引き込むように。口元に笑みを浮かべている。目を細めていく。

「あなたには無理ね」

「……伺います」

「……無理をしなくてもいいですよ」

彼女がまた微笑む。

「……日を改めましょう」


旅館を出る。彼女はなぜか部屋に残っている。あの老婆達に、何か用でもあるのだろうか。肉親が残酷な殺人をしたというのに、なぜ僕にあのような態度を？　ねじれている。あの姉弟は……。

ライターを何度もこすると、ようやく小さな火がつく。煙草を吸うと、不意に身体の力が抜けていく。気味の悪さを振り払う。

携帯電話のライトが点滅している。

着信履歴。雪絵だった。

十五分前の着信。このタイミングで、と僕は思う。

姉さん、裁判のことなんて、もうどうでもいいんだよ。何をやっても判決が変わることはないんだから。姉さんからの手紙の内容は、僕の興味のないことばかりだ。

姉さんは、今、どんな風に暮らしてるの？　僕が聞きたいのは、今の姉さんの生活のことだよ。

姉さん、今は一人なの？　僕の一度目の事件の後、姉さんは誰も特定の人なんていないって言ってたけど、僕は気づいてたんだ。姉さんには、きっといい人ができたんだって。何というか、これは肉親の勘みたいなものだけど、僕はこういうのをよく当てるんだ。どんな人だったか知らないけど、多分いい人だったんだろう。これもね、肉親の勘なんだけど……、きっと姉さんは、その人とはもう別れてしまったんだね。そして……、さらに勘なのだけど、近々、いい人と出会うんじゃないだろうか。姉さんの手紙から男の匂いがする。そんな気がするんだ。

こんな僕に言われたくないかもしれないけど、姉さんには、悪い癖があるんだよ。人を駄目にしたくなるような、いや、人を駄目にすることで、自分を駄目にしたくなるような、そんなところがある。

昔、学校の授業で粘土細工をつくった時のことを、この前思い出したんだ。

僕のつくった粘土細工が夏の暑い教室の中で溶けて、隣の粘土細工まで侵食していった。二つとも、トロトロと溶けていったんだ。そんな粘土細工は、捨てられるしかない。でもね、片方の、つまり僕の方の粘土細工は、ゴミ箱へ落ちていく時笑っていたと思うんだ。もう一つの粘土細工の方が、どんな表情をしていたかわからないけど。

姉さんは、一人では決して堕《お》ちていかない。人を巻き込むんだ。

……気を悪くしないでくれ。僕は、もう誰にも甘えられないから、姉さんに甘えてるんだよ。姉さんが心を病んでしまったことは、弁護士からも聞いている。僕のせいだ。わかってる。全部僕のせいだ。

姉さんが、自分を撮った写真を全部捨てろと言った時のことは、はっきり覚えてる。姉さんが、ずっと僕の写真を気味悪く思っていたことを知って、ショックだった。でもね、実は、全部は処分してなかったんだ。それを今……、返すよ。この手紙に同封しておいた。

姉さんは、僕の最愛の人だ。僕が、この世界で、唯一、幸福になってもらいたい人だ。

大丈夫だよ。もう姉さんの男に嫉妬したりなんかしない。姉さんには、幸せになって欲しいんだよ。

だってそうだろう？　僕も、姉さんも、世間から嫌われている。でもさ、悔しいじゃないか。幸福になって、見返してくれよ。……僕の分まで。

姉さんの評判が悪かったことは、僕も知ってる。一人目の被害者の時に、姉さんが遺族に辛辣《しんらつ》な言葉を吐いたことも。でも、あれは、僕を愛し過ぎていたからだ。そうだろう？　それに、姉さんは、もうあの時すでに、精神を病んでいたんだ。でもね、……無実だと姉さんはずっと言ってくれていたけど、違うんだ。……あれも僕だよ。……あれも、僕が殺したんだ。もう何度も説明しただろう？……本当に、許して欲しい。

姉さんは、控訴しろと言い続ける。弁護士と同じように。でも、もう僕のことはいいんだ。幸福になってくれよ。この写真は、僕からの決別の意味だよ。

……よく撮れてるだろう？　まるで姉さんの全てがここにあるみたいにね。これは僕の自信作の一つだった。白いワンピースで、不安そうに、カメラに向いてる少女。いや、姉さんが不安そうに見ていたのは、世界そのものだった。そしてこの表情の奥に、姉さんの正体がある。全てが、姉さんの顔に、現れている。その一瞬を、僕は撮ってしまったんだ。

……恐ろしい写真だとも思うよ。こんな写真を撮るなんて、僕は残酷だね。

世界との付き合い方を、姉さんは間違えてしまったんだね。
僕と同じように。

4

雪絵からは着信だけでなく、メールも残されていた。短いメール。

〝納得できない。連絡をください。電話に出ないなんて卑怯だと思いませんか〟

でも僕は返信しない。もう彼女とは終わらなければならないから。初めから、僕のような人間は、彼女に関わるべきじゃなかったから。

古びた喫茶店。約束の時間を5分過ぎてる。加谷を待っていた。木原坂雄大の、唯一ともいえる友人。

二本目の煙草に火をつける。くたびれた男達が、不愉快そうにコーヒーを飲んでいる。

また携帯電話の画面を見ようとする自分に気づき、フォルダを開き、メールを削除する。

消した瞬間、タッチパネルに触れた指に微かな違和感があった。メールとはいえ、人の言葉であるものが完全に消えるということ。その人間との関わりさえも消えるだろう。気配がし、顔を上げると男がいる。加谷だった。僕は立ち上がり、彼を迎える。

「……少し遅れました。あの……」

「いえ、大丈夫です。ありがとうございます」

加谷は大学院で数学を研究していたが、突然やめ、資格を取って今は中規模の自動車部品メーカーの経理をしている。整えられた短い髪に、薄くあごひげを残している。まるで外見を気にする現代の若者であるかのように。背が高い。

加谷はカフェラテを注文する。僕は煙草の火を消す。

「あの……、本当は、来るのを迷ったんです」

加谷がやや視線を下げる。

「彼の本を、……書くのでしょう？　僕の名前も、その本に？」

「仮名を用います。出版する前に、加谷さんにチェックもしてもらいます。もし文章になったものをどうしても受け入れられないようでしたら、仰ってください。……録音は、してもよろしいですか」

加谷がテーブルの上の銀色のレコーダーを見る。店の照明を受け、無機質に光っている。

「いや、……しないと駄目ですか」

「いえ、構いません」

ウエイトレスが、加谷のコーヒーをテーブルに置く。カフェラテだったはずだが、加谷は何も言わない。

「……木原坂さんとお知り合いになったのは、小学生の時ですよね」

「……ええ」

「その時の印象などは」

「うーん」

加谷がポケットに手を入れ、不意に煙草を取り出して火をつける。煙を吐く。静かに。

「いや、あの……」

何かを決意したように言う。

「なぜ彼の本を書くんです？」

僕の目を真っ直ぐ見、耐えられなくなったように視線を下げた。ウエイトレスが側《そば》を通っていく。短いスカートから、白い足を出して。

「そう決めたからです」

「なぜですか？　惹かれたのですか彼に。彼は」

そう言い、また僕を見、視線を下げた。

「二人の女性を焼き殺したのですよ」

店内は薄暗い。なぜ僕はこの店を選んだのだろう。

「吉本亜希子さんと、小林百合子さん。二人ともまだ若い女性です。そんな男の本を、なぜ」

「……疑問があるからです」

「どんな」

僕も煙草に火をつける。煙を吐く。それしかできないとでもいうかのように。何も言わない僕を前に、加谷が続ける。

「……嫌な予感は、していたんです。執着を、自分のお姉さんから蝶にかえた。そこまではいいんです。でもそれを人形にかえ、とうとうまた人間に戻ってしまった。危ないとは思っていた。彼は撮る被写体に感情移入し過ぎてしまうから。そうであるから芸術家として優秀だったのは認めます。でも、越えたら危険な一線がある」

僕は黙っている。加谷が再び口を開く。

「あなたの疑問を当てましょうか」

彼はもう僕を見ない。視線は下げたまま。

「なぜ木原坂は、愛した被写体を殺し、燃やしてしまったのか。いや、違う……、恐ろしいことですが、あなたの本当の疑問は恐らくこっちだ。被写体が、つまり人間が燃えている時の情景を、なぜ木原坂は撮らなかったのか。……そういうことでしょう？　もっと言えば、せっかく燃やしたのにと」

　僕は息を飲む。背中に汗を感じている。

「芥川龍之介の『地獄変』という小説を、あなたもご存知でしょう？」

　僕は頷く。

「絵に狂った絵師が、自分の娘が実際に焼け死んでいく様子を見、それを絵に描く。その後絵師は自殺しますが、残ったその地獄変の描かれた屏風《びょうぶ》は凄まじい芸術性を放つ……。あなたの念頭にあったのはこれでしょう？　これならば、芸術に狂った人間が犯した狂気として、ある意味のわかりやすさがある。でも彼は違う。ただ燃やしたんです。芸術家であるのに写真も撮らずに」

　耐えられず加谷の顔から一瞬視線を外した時、遠くでウエイトレスと目が合う。僕らの会話を聞いていない彼女が微笑む。無防備に。

「……僕は大学で数学をやってました。さっき芥川の名前を出したのも、彼が小説の執筆には数学の能力も必要だと言っていたのを知って、興味が湧いて少し読んだだけです。……でも、危険な線というのには、覚えがあるんです。……数字は美しい。理路整然と並んでいるように見えて、奥に圧倒的な混沌《こんとん》がある。その混沌の中を美しく整理しながら進んでいくことには快楽がある。……ただ、限界を知ったんです。自分の数学の才能の限界という簡単なことじゃありません。僕の脳の、限界です。ご自身の才能ではなく、脳自体の能力の限界を把握したことがおありですか」

「……ないと思います」

「大抵の人間は、自分の脳の能力の本当の限界を知ることはありません。知った気になるだけで、本当には……。ある種の専門分野においては、その脳を人間の把握できるギリギリの領域まで使う必要があります。……恐怖ですよ。それを知るのは。脳が、その限界自体を拒否しようとする。そして数学を歪《ゆが》めてしまった。ある時、数字の中に、あってはならない公式を見つけてしまった。……あれは本当に奇妙な公式だった。大発見じゃありません。だって間違っている式なのだから。でも、その間違い自体に取り憑かれている自分に気づきました。狂喜でしたよ。間違った式を喜びの中で永遠にやり続け、奇妙な領域へ運ばれていきました。……気づいていい、よかった、ですよ。僕は数学を辞めることができた。……今でも、あの公式は一体何だったのだろうと思うことはありますが」

　加谷が不意に黙る。しゃべり過ぎたことに気づき恥じるように。あるいは深刻な何かに気を取られているように。僕からも話さなければ、彼はもう何も言わないように思えた。

「……木原坂さんの『蝶』という写真」

僕が言っても、彼は反応しない。さっきまで、熱意を持って話し続けていたというのに。

「僕は彼のその写真に、惹きつけられました。……きっかけは、編集者から彼のことを書かないかと打診されたからです。現実はそんなにドラマチックじゃない。きっかけはそんなものです。ただ、……その写真を見た時に、病的にのめり込もうとしている自分に気づきました。だから、彼の本を書くことは、単なる仕事という概念を大きく超えています」

まだ彼は反応しない。まるで、数学をしていた頃に戻ってしまったみたいに。

「僕はその写真を撮った男に興味を持ちました。そして渡された資料を見た。二人も殺している。一人目の時は火事、つまり事故と処理されましたが、二人目を殺した時、全てが明るみになった。片方が事故で片方が殺人なんて、そんな都合のいいことがあるわけがない。両方とも彼がやったことが明らかになった。……あなたの言う通りです。僕の疑問は色々ありますが、一つはそれです。なぜ遺体を燃やした時の写真がないのか。彼のような猟奇的な芸術家なら、普通撮るだろうと」

「……ちょっとずれてます」

不意に彼が言う。

「論点が。……あなたは微妙に避けてる。僕が聞きたかったのは、なぜ本を書くのかということです。あなたはあの写真に惹かれたからだと言う。でもそれは答えの外観を備えているだけで本質じゃない。こちらからちゃんと聞きましょう。……なぜあの写真に惹かれたのですか？　そのなぜの部分について焦点を絞って説明してもらいたい。本当の理由はそこにあるはずです」

この男は普通ではない、と思う。気配を感じる。外観で隠しても、いつか彼の中の何かが暴発するように。

「なぜ惹かれるのかが知りたい、という答えでは満足なさらないでしょうか」

「はい」

「……あの写真を見た時、かき分けていきたいと思ったんです」

言いながら、鼓動が微かに乱れた。

「……あの邪魔しようとする蝶達を。全ての生活から離れて、あの蝶を無理やりかき分けて絶望したいと思いました。自分の本質があそこにあるように思えましたから。これまでずっと、僕の人生を歪ませてきたものが。……僕はK２のメンバーです」

息を吸う。できるだけ深く。

「でも僕は、誰も大切な人間を亡くした経験はありません。だから、あの人形師に形見の人形を作製してもらう理由はないのです。理想の女性像を求めるなんて馬鹿な趣味もない。

人形に暴力を振るいたいなどの性癖もない。……それなのに、僕はあの屋敷に入り浸っていました」

「……わからないですね」

「はい」

店内はずっと静かだった。紐《ひも》で垂れ下がるいくつもの粗末な照明が、首を吊ってぶら下がる人間のように見える。

「K2……」

加谷が呟く。

「僕が彼と定期的に連絡を取り合っていたのは、彼が蝶を追いかけていた頃までです。K2に、つまり人形に興味を移した頃から大分疎遠になりました。そもそも、よく連絡は取っていましたが彼と深い話はしたことがない。……その頃のことは、そのメンバー達に聞いた方がいいんじゃないでしょうか。……蝶の写真を撮り過ぎたことで彼が入院したのはあなたも知ってるでしょう？　確かにその頃からおかしかったですが、彼が本格的に逸脱し始めたのは恐らくK2のメンバーになった頃からです。ただ……、彼は昔、こんなことを言ってましたよ。写真とは模倣である
と」

「……模倣？」

「ええ、だって、必ず対象があるわけですから。抽象画などとは違い、カメラで覗いている以上、必ず明確な対象がある。その対象を撮るわけですから、出来上がった写真はその対象の模倣ともいえる……。でもこうも言っていました。写真は模倣であるけど、模倣以上のものだと」

加谷が少し笑みを浮かべる。彼の笑みを、初めて見たと思った。

「あと、芸術とは一種の暴露であるとも」

「……サルトルの言葉に似てますね。文学とは、世界、ことに人間を、世界に向かって暴露することである、というようなことをサルトルは書いてました」

僕が言うと、加谷はもう一度笑みを浮かべた。

「彼はなぜか色々なことをよく知っていました。そんな奴です」

資料　4

きみの内面の話は、とてもつまらないものだったよ。

なぜなら、きみは臆病にも隠してるから。自分の正体を僕に教えることを、いや、きみ自身に教えることを拒んでるみたいに。何枚も何枚も服を着たまま、人の内面に土足で入るつもりなのかい？　きみの内面は、多くの人にとって、許容できるものでしかなかった。口当たりのいい暗部。人から批難されない暗部。そんなことでいいのなら、その辺のどうでもいい本でも読んでいればいいじゃないか。

……前回、蝶のところまで書いた。その後入院したことも。きみが知りたいことは、きみが僕に本性を見せるまで書かない。でも、あと少しだけ書いてあげるよ。なぜ書くのかは……。僕が孤独だからだ。

入院した時、そこにRという男がいたんだ。妹を亡くした男でね、精神のバランスを崩してその精神科に入院していた。K2について知らされたのは彼からだよ。天才的な人形師がいると。自分はその人形師に妹を作製してもらったのだが、家族が、自分がその人形と共にいることを拒むのだと。……彼をその人形から離すために、彼の家族は彼を入院させたようだった。

声が聞こえる、というんだ。まるでその人形が自分に話しかけてくるような気がすると。人間は、自分の身体の一部を失っても、その失った部分の痛みを感じることがあるというけど、彼はその人形から、妹の声を聞いたのだそうだ。でもね、非常に気持ち悪いことだけど、やがて妹が挑発してくるようになったそうだよ。……私を抱いてと。

その男の願望だったんだろうね。相手を人形にすることで、相手に対する自分の本当の願望がわかる——。男はでも常識的な人間だったから、その妹の挑発を拒否する。そうするとね、妹は、両親を殺せばいいと言うようになった。両親がいなくなれば二人きりになれると。……入院してよかったよ。危うく、彼は僕の隣の独居房に入れられるところだった。

僕は興味が湧いてね、退院して、その人形師に会いに行った。きみも知ってることだけど、彼に会うと、初めみんな驚くんじゃないかな。気味の悪い、神経質な男を予想して会いに行ったのに、まさかあんな気さくで、明るい人間が待っているなんて。でもそれは表面だよね。彼は天才だから。ああいう人間が一番危ないと僕は思うよ。彼の作製した人形達を見せてもらった時……、驚いたよ。誰かの才能にあれだけ驚嘆したのは、あの時が初めてだった。

きみは気づいていたかい？　彼が人形をつくる時の、ある気味の悪い傾向に。彼はさ、人形をつくる対象を、正確に復元するわけじゃないんだよ。依頼してきた顧客にとって都合のいい部分を微かに強調させて、その対象を復元していくんだ。あの人形師が求めていたのは完全性ではなく、不完全性だった。不完全性を保つ不安定で歪《いびつ》な部分に、生命が宿る。しかも、顧客にとって都合のいい生命が。

僕は写真家だから、彼の仕事には大いに興味が湧いた。両方とも、まず対象があり、それをある意味で「模倣」する芸術だから。僕は、彼の作品を何枚も写真に撮ったよ。……何かを模倣したものを、僕がまた模倣したことになる。……そこには、もうオリジナルなんてどうでもいい領域があるような気がしてね。そしていいかい？　その領域にいる感覚は、とても心地いいものだったんだ。

きみはなぜＫ２のメンバーだったんだい？　Ｋ２……でも、このネーミングも考えたものだね。そう思わないか？　人形を購入しようとする人間の抵抗を少しでも下げるために、あの人形師が考えたんだろう？　買うのはきみだけじゃない。こんなことをするのはきみだけじゃない。他にもたくさんメンバーがいるんだから安心すればいいというような……。どうなんだろうね。「メンバー」と言われると、逆に抵抗を示す人間もいそうだけどね。

きみがなぜＫ２のメンバーになったのかを、次の手紙では絶対に知らせて欲しい。きみは誰かを亡くした経験があるのか？　それとも誰かを、絶対に手に入らない誰かを、愛した経験があるのか？　あのストーカーの話はきみも知ってるだろう？　彼はあろうことか、この世界に実在する女性の復元をあの人形師に頼んだんだ。

絶対に彼女を手に入れることはできない。しかも、その彼女に迷惑をかけることもしたくない。人形はもちろんどれも木製なんかじゃない。シリコンだ。セックスだって可能だよ。彼はその人形と共に今でも暮らしてるんだろうか。……その生活を想像するとおぞましいね。でも、この世界にいる人間は、多かれ少なかれ、復元されてるんじゃないだろうか？　皆の頭の中で。アイドルの写真集を見ながら性を想像してる人間は、その写真を通じてそのアイドルの実在を感じてるだろう？　足りない部分は脳で補って。好きな男性のことを思い浮かべてる女性の頭の中でも、その男性は復元されているだろう？　いく分、その女性にとって都合のいい形で。ただそれが想像か人形かというだけの話で、この世界にいる個体は、誰もが様々に復元されている可能性がある。そうじゃないか？

だって、この世界には、手に入れたくても手に入らないものが多過ぎるのだから。

……きみは、あの人形師のことも取材するつもりか？　止めてもどうせ行くだろうから、条件がある。彼への取材には注意事項がある。だから会いに行く前は必ず連絡をくれ。

……でも僕は、今でも不思議でならないんだよ。……なぜああいう人間が、法律にふれることもなく人生を歩んでいられるのかが。

5

木原坂朱里の部屋。香水の匂いがする。

ダイニングにテーブルが置かれ、奥に長めの白いソファが二つ。ソファの間にも低いテーブルがある。テレビはない。

「……本当に来たのですね」

彼女はそう言うと微笑んだ。

「来る勇気もないと思ってたけど」

僕に背を向け、ラックからワインを取り出す。白いブラウスに、黒の短いスカートをはいている。黒いストッキングに、柄がついている。何かを絞め殺すような枝の模様。

彼女はダイニングのテーブルの椅子ではなく、グラスを持ってソファに座る。僕にもグラスを渡す。受け取る時、微かに指がふれた。

「……高そうなワインですね」

「さあ……。どうなんでしょう」

落ち着かなくなり、僕は煙草を取り出す。でも、彼女が「禁煙」と呟く。

「……すみません」

「いえ。謝ることじゃないです」

彼女はシガレット・ケースから自分の煙草を取り出し、火をつけた。微笑みながら僕を見る。

「私はいいの。でもあなたは駄目です」

部屋の奥にカーテンが引かれている。恐らくその向こうは寝室だろうと僕は思う。ワインを飲む。アルコールの熱が、身体に広がっていく。

「……木原坂さんの、昔の写真を」

「ええ、用意してます」

彼女が封筒を低いテーブルに置く。中味を出す。古い写真だった。二人の子供が写っている。

「……面影がありますね」

「どちらの？」

「二人ともです」

痩せた少女と少年が、公園のベンチに座っている。少女はどこか遠くを見、少年は少女を見ている。二人共、無防備な表情をしている。まるで、間違ってこの世界に残されてしまったみたいに。少女はワンピース、少年は白のTシャツに青の半ズボンをはいている。

「この写真は、誰が？」

「施設の人。……捨てられなくて」

「いい写真です」

「そうでしょう？　でも、本に載せたら駄目ですよ」

彼女がワインを飲む。僕は、彼女が僕に会う前から酔っていたことに気づく。

「……煙草、吸いたい？」

「……いえ」

「そう。では吸ったら駄目」

彼女が笑う。

「実は、もう一枚あるんです。……この間、雄大が私に送ってきました。一枚隠し持ってたみたいね、私の写真を。……とても驚いた」

「その写真はどこに？」

「駄目なんです」

彼女が言う。

「それは見せられないの。……嫌な写真だから。私の本性が写ってるから。……残酷に」

「本性？……どんな？」

「さあ……」

彼女が僕をじっと見る。心配そうに。でも惹き込むように。彼女がそっと口を開く。

「ずっとそんな目で私を見てるのですね」

息を飲む。鼓動が速くなる。

「……どんな？」

「物欲しそうな。私を欲しがってる目です。……臆病な人は質問が多いですね」

彼女が深くソファに座り直す。僕から少し遠ざかる。足は組んでいない。スカートのすそをそっと直す。

「私を最初に見た時から。……もしかしたら、写真を見た時からでしょうか。……頭の中で、どんなことを考えてたんでしょう。頭の中では、私を都合よく好きなように？」

「……迷惑でしたか」

「また質問」

彼女がテーブルの上の封筒に手を伸ばす。僕はその手を握る。冷たく、細い指。彼女が口を開く。

「大切な人がいらっしゃるのに。……雪絵さん」

思わず彼女を見る。

「どうしてそれを？」

彼女が笑みを浮かべながら手を避ける。

「調べたのです。あなたのことを。……だってそうでしょう？　私ばかり調べられるのは不公平じゃないですか。……そんな大切な人がいるのに、私をそんな風に見たら駄目ですよ」

彼女が僕を見続ける。心配そうに。白いブラウスから、オレンジの下着が透けている。

「……彼女とは終わっています」

「嘘が下手ですね。嘘が下手な男はつまらない」

彼女が立ち上がる。

「でもどのみち、あなたじゃ無理ですよ……。そんな覚悟はない。殺人者の姉と関係を結ぶなんて。いえ、……私はもっと大きな覚悟をあなたに要求することになる」

「……何を？」

「さあ。……あなたは想像だけが勇ましい。……そうでしょう？」

彼女がまた心配そうに僕を見る。そして背を向け、奥のカーテンへ近づいていく。

「……もう帰ってください。私は今から、向こうの寝室で着替えます」

彼女が振り返る。

「……それとも、無理やり私の寝室に入る?」

そう言って微笑む。動揺している僕を、気の毒そうに見ながら。

「……着替えてる途中の私を捕まえて、裸にして、抵抗する私を押さえつけて抱く?……無理やりキスして、私の身体をいっぱいさわって、私がもがいても構わずに、私が屈服してしまうくらいの強い力で。……あんな素朴な彼女がいる人にはとても無理ね」

彼女が寝室へ入っていく。僕は立ち上がり、彼女を後ろから抱く。キスをする。思い切り強く。彼女の腕が僕の背中に回される。彼女の舌が、僕の口の中で柔らかく動いていく。

「……駄目でしょう?」

唇を離し、彼女が言う。

「私とそういうことしたら、私はあなたを離さないんだよ?……あなたが完全に駄目になるまで」

彼女が心配そうに僕を見る。こんなにも取り乱して気の毒だという風に。そういう表情をしながらも、彼女がまた唇を近づける。彼女の舌が、僕の舌と絡み合う。彼女は目を細く開け、僕をじっと見つめたまま吸うようにキスをする。彼女の胸をさわる。彼女の匂いが広がっていく。彼女の首に唇を這わせる。彼女が僕のズボンのベルトを外す。

「すぐには嫌なの。……あなたはまだ覚悟がないから」

そう言って、僕の性器に指をふれる。これほど大きくなった僕の性器を、わざとらしく不思議そうに見るみたいに。さらにその性器を心配し、気遣うように。指を上下に動かしていく。

「雪絵って子と別れたらしてあげる。何でもしてあげる。でも……、今日は駄目」

彼女が指を動かし続ける。温かく、快楽が上っていく。彼女の舌がまた僕の口の中に入っていく。

「こういう風がいい？　それとも、こういう風？」

彼女が指を動かし続ける。細く奇麗な指を性器に絡ませ、締めつけながら上下に動かしてくる。僕は何かを考えることが難しくなる。快楽が性器に集まっていく。彼女の胸に顔をうずめる。

「……このままだと」

「出しちゃえばいいじゃない。……出しちゃえよ。馬鹿みたいに」

彼女が耳元で呟く。手を動かしながら、上にタオルを乗せる。彼女の指の動きが激しくなる。息が乱れ、我慢が難しくなる。僕は彼女の手をやめさせようとするけど、彼女はやめようとしない。何度もキスをする。快楽が大きくなり、僕は目を閉じる。僕は射精してしまう。彼女の細く長い指と、タオルの中に。快楽の余韻で身体が微かに震える。彼女が僕の頭を撫で、耳にキスをする。

「……落ち着いた？　今日は帰って」

彼女が笑みを浮かべたまま僕から離れ、立ち上がる。僕を見下ろす。

「また来て……、それで」

彼女が小さく息を吸う。

「……私を助けて」

6

透明のアクリルの板に、部屋の照明が白く反射している。

木原坂雄大は、今日も疲れている。前回と同じ、上下黒のトレーナー。力のない目で、僕を真っ直ぐ見てくる。

――……きみに会ったら色々言いたいことがあったんだけど。

彼は、やはり口以外の全ての表情を動かさない。

――それより重要なことがある。……きみは姉さんと会ってる？

彼の背後には、また制服を着た男がいる。前回とは別の男。

「はい。……あなたの本を書くために」

――それだけ？

不意に、彼女の動く指を感じた。細く長い指。彼女の息も。彼女の身体の温度も。

「……それだけです」

——嘘だね。……きみは、……覚悟があるのか？

僕は彼の力のない目に視線を合わせる。圧迫を感じ、逸らしたくなったが我慢した。

「……どういう意味ですか？」

——きみは姉さんのことを知らないから。……簡単に手を出せる女性じゃない。……二人死んでるんだ。これまでに。

鼓動が速くなっていく。彼が僕の胸の辺りを見ている気がした。僕の鼓動を確認するみたいに。彼女の指が、また僕に絡みついてくる。

「……死んでる？」

——自殺だよ。……姉さんが追い詰めたんだ。詳しいことは知らないけどね。死ぬまではいかずに、自殺未遂した奴ならもっといるんじゃないか。……とんだ姉弟だろう？　きみも危ないよ。

冷えた床から、消毒液の匂いがする。いくら消毒しても消せないものを、執拗に殺そうとするみたいに。

——僕は相手の本性を写真に撮ろうとする。姉さんは……、相手の本性を刺激して、かき乱してしまう。ある意味僕と同じかもしれない。姉さんは、相手の全部を欲しがるんだよ。姉さんがいないとその男は駄目になってしまう。……姉さんのために全てを捨てて、姉さんに吸い尽くされて、捨てられてしまう。……いい女だろう？　姉さんは。

「……魅力的です」

——うん。多分、きみの人生では、これまで出会わなかった女性だと思うよ。……僕は姉さんに幸福になって欲しい。でも駄目なんだ。姉さんが幸福になることは恐らくないし、姉さんに関わる人間も幸福にはならない。

僕は持ち込みを禁止されたレコーダーを意識する。

「写真を……、見せてもらいました。子供の頃のあなたと朱里さんが」

——……僕が写ってた？

「はい。あなたは」

——興味がないね。……僕が写ってたんなら、僕が撮った写真じゃないだろ？　そんなもの無意味だ。

彼が息を吐く。表情を動かさないまま。

——……でも不思議だな。姉さんがきみを気に入るなんて。……好みじゃないはずなのに。……どういう心境の変化だろう。

不意に、アクリル板に映った自分の顔が、彼の顔と重なる。僕は目を逸らす。「私を助けて」。彼女の言葉がずっと気になっていた。彼女の匂いが、まだ首元に残っている。

「朱里さんは……、何かトラブルに？」

——ん？……そんなの当然だろ？　殺人者の姉なんだよ。僕は姉さんをより不幸にしてしまったんだ。

それだけだろうか。何か違う気がする。こんな自分から自分を助けてというような、抽象的な言葉でもなかったように思う。

「それ以外に、何か実際的な」

——……何か言われたの？

「いえ、ただ」

男が僕をじっと見ている。

——……遺族に辛辣な言葉を吐いてるし、……敵は多いよ。だから今はあんな風に隠れて生きてる。……僕の事件とは関係ないところでも、たとえば、自殺してしまった男性には家族がいたしね。……姉さんの味方につくということは、世間の敵になるということだよ。……でも、覚悟はそんなことじゃない。……約束してくれないか。

彼の目に、微かに力がこもる。それは些細な変化だけど、確かにそこには感情があった。

——どんなことがあっても、姉さんの側にいて欲しい。……どんなことがあっても。たとえば姉さんがヒステリーになって暴れても、発作を起こしても。

「……発作？」

――うん、やっぱりきみはまだ何も知らない。……彼女の全てを抱え込めないのなら、もう近づかないでくれ。二つに一つだよ。僕の撮った彼女の写真をきみは見るべきだ。彼女の残酷な過去を……。でも、きみに耐えられるだろうか。僕と、姉さんと。

彼の表情が急に戻る。無気力に。

――……僕と姉さんと関わっているうちに、きみは……。飲み込まれて、自分を失うんじゃないか。

7

資料を読むが、頭に入らない。

酒を飲んでいるからだ、と当然のように思う。僕は資料を机に置き、ベッドに横になる。壁から、隣の住人の咳《せき》が聞こえてくる。奥に詰まった何かを出すような、苦しげな咳。何度も、何度も咳は続き、止むことがない。その咳の音から遠ざかりたくなり、寝返りをうつ。壁のすぐ向こうに生きた他人がいるということを、不意に気味悪く感じた。

携帯電話が鳴り、画面を見ると雪絵からだった。なぜマナーモードにしておかなかったのだろう。高く硬質な音が狭い部屋に響き始める。

雪絵は、いつまでも納得しようとしない。僕など捨て、新しく誰かを見つければいいのにと勝手なことを思う。自分が雪絵のことを好きかどうかももうわからない。幸福になって欲しい、とは思うが、そう思っている時点で、もう僕には強い気持ちがなくなっているのかもしれない。

でも、僕の意志に関係なく、取り巻く世界は動く。電話の音は止まない。逃げた僕を責めるように。

パソコンの電源を入れ、興味のないネットニュースを見る。その下に書き込まれている他人の偏った意見を読んでしまい、具合が悪くなり目を逸らす。電話は鳴り続ける。窮屈な部屋に音が響き続ける。ウイスキーを飲み、煙草に火をつける。隣の部屋からは、もう咳が聞こえない。まるでその他人が、僕の電話の音を息を潜め聞いているかのように。僕が責められている様子を、咳を止めじっと窺《うかが》っているかのように。「私を助けて」。木原坂朱里の声を思い出す。僕はその電話の音の中で、木原坂朱里の指を感じ、声を感じる。彼女が、すぐ目の前にいるかのように。電話の音が止む。

静かになった部屋の中で、鼓動が微かに速くなっていた。また隣の壁から咳が聞こえ始める。僕は起き上がり、意識的に息を吸い、疲労したように見える携帯電話をつかむ。手にふれると、鳴り過ぎた携帯電話は微かに熱を含んでいる。出版社に電話する。木原坂朱里について、もっと調べたかった。時間が欲しい。電話に出た声の低い男に、担当編集者を呼んでもらう。不在だった。彼らはいつもそうだ、と思う。原稿の催促の連絡を何度も病的にしてくるのに、こちらから連絡すると繋《つな》がらない。しかも彼の場合携帯電話を持っていない。仕方なくメールを打つが、いつも返信は遅い。

木原坂朱里のいた、児童養護施設に行くことを思う。当時の関係者はいるだろうか。彼女の匂いが胸元に広がる。なぜ彼女は僕を誘うのだろう。

突然チャイムが鳴る。

その音は、静かな部屋の中でやや大き過ぎた。鼓動がまた少し速くなる。雪絵が？　そう思いながらドアに近づく。でも、木原坂朱里だったら、とふと思う。もし彼女だったら、僕はどうするだろう。彼女を見た瞬間、僕はあらゆる躊躇《ちゅうちょ》を失うかもしれない。そのまま部屋に入れ、ベッドに倒してしまうかもしれない。彼女が笑っていようと、からかっていようと、僕の暗部を彼女に。

世間からの怒号と軽蔑の中で、僕は彼女と共に――。

覗き穴から外を見る。これから盗む金を覗く犯罪者のように。知らない男がいた。気がつくと、僕はドアを開けている。開けた後、チェーンをかけておかなかったことを思う。この男が危険な人間だったらどうするつもりなのだろう？　でも男は僕を凝視するだけで、中に入ろうとしない。紺のスーツの上に、グレーのコートを着ている。

「……どなたですか」

「電話で話した……、斎藤です」

K2のメンバーだった。ずっと取材を打診していた。

「……どうしてここに？」

「わかりません」

男は、その場でじっと立っている。この男は何を言ってるのだろう？　神経質そうな目を向けてくる。

「……少しお待ちください。準備をします。近所の喫茶店にでも」

「ここがいい」

男が僕をじっと見る。

「……ここ？　僕の部屋ですか？」

「はい。……他人の生活に土足で入ろうとするのに、自分は安全な場所にいたいのですか」

この訪問は奇妙だ。身体が緊張していく。でもなぜだろう。僕は笑みを浮かべている。

「いえ、どうぞ。……何もありませんが」

男が部屋に入ってくる。僕の部屋を見渡す。ほとんど家具のない部屋を。机の椅子を勧めたが、彼は立ったまま動かない。

「あなたはＫ２のメンバーじゃないのですか。部屋に人形がない」

「……メンバーというか、ただ、僕はあの人形師の家に入り浸っていただけです」

「……話が違う」

彼はコートを着たままでいた。スーツもコートも新しく、趣味がいい。比較的整った顔をしている。電車などで見れば、まともな会社員に見えるだろう。

「嫌なことは、済ませようと思ったんです。……あなたの取材を受けると考えると、それだけで憂鬱になる。だから、早く済ませようと思いました。僕の気持ちが変わらないうちに。さっさと」

「受けていただいて感謝しています」

「それは……、僕にも責任があるから」

「責任？」

「いえ、……その話はやめです」

僕は彼のためにコーヒーをつくろうとする。でも彼が突然動く。

「……やっぱりやめだ。僕には関係ない」

「え？」

「失礼します。……取材はお断りします」

彼が出ていこうとする。僕には意味がわからない。携帯電話が鳴り、相手は編集者だろうと思った。でも、僕には電話に出る時間がない。

「……待ってください。ではせめて駅まで」

僕は部屋を出ていく男を追った。部屋の鍵をかける時間もない。でも、僕はすぐ男に追いつくことができていた。

話したがっている、と思う。こういう人間は、時に饒舌になる。孤独の時間が急に破れ、溢れ出すように。彼の横に並び、僕は口を開く。

「場所を変えましょう。……どこかでお酒でも。奢《おご》らせてください」

8

薄暗いバーの、奥のテーブルの席。僕はビールだったが、男はウイスキーを注文している。やや大き過ぎるシーリングファンが、音もなく天井で回っている。

「つまりあなたは、木原坂雄大の本を書く」

男が静かに言う。呟くように。

「……で、その犯罪心理が知りたい。よくあるノンフィクションのように、……様々な人間からの取材で彼の闇を暴き出す……。そういうことでしょう？」

彼は目の前の僕にそう聞いていたが、なぜか僕の背後を見ているように思う。

「……はい」

「僕の名前を出すの？　原稿はチェックできますか」

「できますし、あなたの名前を出すことはしません。……あなたについて書いても、絶対にあなたとわからないように書きます」

短いスカートの女が、ビールとウイスキーを持ってくる。白いブラウスから、黒い下着が透けて見える。

男は女がテーブルに近づくと、不意に下を向いた。その時間をやり過ごすように。彼女はまず僕のビールをテーブルに置き、続いてウイスキーのグラスを置く。その間、男は動かない。彼女が離れ、カウンターに消えていくのを、男は気配で確認している。やがてグラスに口をつけ、短く息を吸う。

「……最初に言っておきますが、……あれは僕が殺したんじゃない」

「……ええ、わかっています」

彼は、ある女性のストーカーだった。

「交通事故でした。……僕は全く関係ない。彼女は恋人のバーテンダーと旅行の最中だった。僕は知らない。その頃はもう、彼女自体に興味はなかったから」

「……人形があったから？」

「そうです」

男はウイスキーを飲む。目の前にいるのは僕で、言葉を挟んでいるのも僕だが、彼は別の誰かと話しているかのように、視線を合わせない。

「……彼女は、僕を全く相手にしなかった。でもそれは、彼女が僕のことをよく知らないからだと僕は思い込んでいた」

またグラスに口をつける。彼の口調が少しだけ速くなる。

「僕も彼女に好かれるように、彼女のことを知らなければならないと思った。……警察からストーカーという言葉を聞いた時、ぎょっとしましたよ」

男は、僕から視線を、やや左に逸らしている。

「……僕はストーカーじゃないと思った。だって、彼らは女性に嫌われ、怖がられている人間達だ。……でも僕の場合は違う。彼女はただ僕のことを知らないだけで、これから好きになるのにと。……でも、こういうのがストーカーなんでしょう。僕は絶望しましたよ」

僕は曖昧《あいまい》に頷く。むやみに同調すると、わざとらしくなる。ゆっくり回転するシーリングファンが、男の身体の右側を影にしていく。一定の間隔で。

「でも、やはり好きでした。……あなたにはわからないでしょう。彼女がいない世界など生きる価値はないと思った。……僕はでもね、彼女に迷惑はかけたくなかったんです。僕は彼女の笑顔がとても好きだったから」

「……その女性のことは、写真で拝見しました。……素敵なかたです」

「あなたにはわからないよ。……誰にも辿《たど》りつけない、彼女の本当の魅力には」

男がぼんやり言う。

「悲しませるのは嫌でした。だけど、彼女が欲しかった。欲しくて欲しくて仕方ない。彼女が他の男と歩いているのを見た時……、どうせあなたも知ってるでしょう？　僕は自殺未遂をした。でも死に切れなかった。僕は臆病だったから。そのあと、僕はますます苦しくなっていった。笑顔が好きだったとか、そんなことはどうでもいい。彼女を殺して自分も死のうと思ってしまった。彼女が他の男と存在してるだけで苦しい。彼女を殺してしまったらもう自分は死ぬしかないから、絶対に死ねるはずだとも」

「……あの人形師に会ったのはその頃ですか」

「……まさか、あんな気さくな人間だとは思わなかった。……本当は、ちょっと話を聞くだけにしようと思っていたんですよ。僕が人形と暮らすなんて、想像することもできない。……でも、あのコレクションを見た時、僕は驚いてしまいました。……何て美しいんだろうと」

男の目がアルコールで濡れている。

「……奇妙な話、実際の女性より魅力的だった……、試しに、聞いてみたんです。つくってもらえないかと。彼女に似せた人形を……。でも、あの時人形師は、それはタブーだと言った」

「……タブー？」

「そうです。……生きている人間をつくったことはないと。それは、とても危険なことであると。……自分はあくまでも、亡くなった方を忘れられない人のためにつくっていると。……でも、彼はつくってくれました。僕の様子に、鬼気迫るものを感じたんでしょう。……ああいう人間は、つまり優しいから」

男が曖昧に笑う。

「……完成した人形を見た時、……本当に驚いた。彼女が目の前にいた。……いや、それは彼女よりも美しかった。微笑んでいました。僕に向かってかは知らないけど、とにかく微笑んでいました。……あらゆる狂気を受容するように。……でも、噂では聞いていたのですが、……声が聞こえてきた」

彼はそこで、不意に言葉を切った。

「……どんな？」

「本物を殺せと」

男がぼんやり何かを見ている。僕のすぐ左の何かを。

「それはできないと思った。でも、彼女はそう言い続けました。……狂人、とお思いでしょう。でも、……そんなことはどうでもいいのです。世界の常識なんてどうでも。……だけど、僕はその一線は越えられなかった。さっきも言いましたね、僕は臆病だったから。……そうしたら、本物の彼女が死んでしまったんです。もちろんそれは偶然だった。あの馬鹿なバーテンダーが、彼女が乗っているのに、酒を飲んで運転なんてしたから。……だけど、いいですか。……それは恐ろしいことですが」

男が僕を見る。この店に来てから、初めてまともに。

「少しも悲しくなかった。いや、それだけじゃない。……そ、れ、か、ら、な、ん、で、す、よ、あ、の、人、形、が、も、っ、と、美、し、く、見、え、始、め、た、の、は」

男が僕を見続ける。

「さ、ら、に、僕、は、そ、の、こ、と、を、あ、の、木、原、坂、雄、大、に、話、し、て、し、ま、っ、た」

「木原坂に？　あなたは彼と面識があったのですか」

「ええ。あの人形師の屋敷で、何度か会ったことがある。その時……、そのことを話してしまった」

男が視線を下げる。

「僕に責任があるというのはそういう意味です。……僕が、その話をしてしまったから。僕があなたの取材を受けた理由は、そういうことです。他人事としてやり過ごすことはできなかった」

「……どういう意味ですか」

「は？」

男がまた僕を見る。

「あなたは何を言ってるのですか。あの男を取材してるのでしょう？」

「そうですが……」

「驚いたな。……あなたでは無理ですよ。彼のことを書くなんて」

男の声が、少しだけ大きくなる。

「彼が、どれだけ他人に影響される人間かご存知ないのですか？」

「は？」

「……あなたはわかっていない。彼には、……欲望がないのです」

僕は男の右側に現れ続ける影を、ぼんやり見ていた。

「でも、木原坂雄大は、あれほど写真に執着し、女性を二人殺すほど彼女達を」

「ええ、確かに彼は激しい。でもその激しさと、欲望とは別なのです。彼の内面には何も存在しないのですよ。あなたは彼を勘違いしている」

男が僕を睨《にら》む。

「あなたでは無理です。……あの人形師に、話を聞きに行ったらどうですか。……彼なら、木原坂のことを論理的に話してくれるかもしれない。それがあなたの欲しい事実とは別のことになるかもしれませんが。……それに、彼が激しいとはいえ、なぜその狂気が実際の殺人にまで育ったのか、……そこは僕にもわからない。いくら影響されやすいといっても」

「なぜ実際の殺人にまで育ったのか……」

「そう。しかも写真を撮ることもせず、ただ激情に任せて燃やすほどの。……彼に何があったんだろうね」

男が不意に席を立つ。

「……いずれにしろ、僕からの話は終わりです。こんな話はしたくない。でも、……僕にも責任があったから」

「待ってください」

僕も席を立つ。男が僕を見る。なぜか哀れむように。

「すみません、では質問を変えます。……あなたは、こんなことを言うのも変ですが、その……、女性に好かれるような外見をしています。とても、失礼ですが、人形と共に暮らしてる人間には見えない。……あなたは」

男はしばらく立っていたが、やがてもう一度腰を下ろした。諦《あきら》めるように。

「……あなたの質問はつまらない」

「……申し訳ございません」

僕が言うと、男がまた曖昧に笑い、口を開く。

「たとえば……、誰かのことを死ぬほど好きになったとしても、絶対にその人間しかいないと思ったとしても、……人はその相手と別れた後、また別の人間に対して似たことを思うことができる。……なぜなら、そうやって生きていかないと辛いから。……そうでしょう?」

「……ええ」

「恋愛とは、だから絶対的なものではないのです。でも、そうやって割り切れないことが、この世界には稀《まれ》にある。僕だって、人並みに恋愛をしたこともあります。付き合って、別れて、悲しんだりもした。……でもあの女性は、本当に特別だったんです。まさか自分が、ストーカーと呼ばれるようになるとは思わなかったほど。……まあ、潜在的に、そういう傾向が元々僕にあったのだと思いますが……。しかも」

男がもう一度席を立つ。もう僕が何を言っても、帰るつもりであると示すように。

「……その本物ももういないのです。僕はね、……人間よりも、『人形』の方が好きなのですよ。……きみはどうやらハッピーボーイだから、一つだけおまけで教えましょうか。

僕はね、女性を前にした時、時々ＥＤのようになることがあったのですが……、今の『人形』に対してはそれが一度もないのです」

男が曖昧に笑う。

「……でもこんなことは、あなたの本には書かない方がいい。こんなことを書くと、多くの人々は嫌がるから。……そうでしょう？　人間の暗部もライトに、漫画のようにデフォルメして、多くの人々が納得できることだけを書く。……あなたには、それがお似合いですよ」

9

細い路地を抜け、踏切を渡る。

僕は酔っている。なぜ酔っているのかわからないまま。

気が重いのだろうか。木原坂を調べ続けることに、疲れを感じてるのだろうか。ハッピーボーイ？　あの男は何を言ってるのだろう。自分の暗部の中で、他人を簡単に見てるだけじゃないか。浮かんでは留《とど》まり続ける思いが、執拗に反復していく。

破れた選挙ポスターの残骸が、壁に張り付いたまま風に揺れている。角を左に曲がり、駐車場を横切り、電信柱の側で立ち止まる。すぐ前に、木原坂朱里のマンションが見える。

僕は携帯電話を取り出し、彼女の番号をコールする。喉が渇いていく。僕は携帯電話を耳に当てたまま、マンションを見上げる。僕を取って喰えばいい、とふと思う。何が望みか知らないが、彼女の思う通りに僕を利用すればいい。

——どうしたの？

彼女の細い声が受話口から聞こえる。まるで他人行儀な声。

「……会いたいと思いました。会えますか」

——……駄目です。

僕は彼女のマンションを見上げ続ける。左から二番目の部屋。弱々しく明かりがついている。

「なぜですか。……僕は会いたい」

——……相手の了承が欲しいなんて。

彼女が笑う。息を吐くように。

——恋人を裏切る罪悪感を、私に消して欲しいの？……わざわざ電話をかけて、様子を窺うような男に抱かれたくない。

空は陰鬱な雲に覆われ、月すら見えない。

「……今、あなたのマンションの目の前にいる」

——……ふうん。

「今から行きます」

——今日は駄目なの。……他の男が来るから。

彼女が静かに言う。

「……嘘ですね」

――……さあ。

彼女の息が受話口にかかる。

「そうじゃないはずです」

――……ちょっと脅《おび》えた？

彼女が微かに笑う。

「脅えてない。もし男が来たらそいつを殺しましょう」

――……本当に？

僕はマンションのチャイムを押す。

「……開けてください。さすがにオートロックは壊せない」

エントランスの自動ドアが開く。マンション内に入り、エレベーターに乗る。僕が入ったのを確認するように、自動ドアが閉まっていく。続いてエレベーターのドアも。もう戻る気もない。

彼女の住む6階のフロアに出、ドアの前に立つ。チャイムを押そうとしたが、構わずドアノブに手をかける。開いている。僕は冷えたノブをつかんでドアを開け、部屋に入る。廊下の先に彼女がいる。白いバスローブを着て、僕を心配そうに見ている。こんなにも必死になっている僕を気の毒がるように。僕は彼女に近づき、抱きしめてキスをする。彼女の腕が僕の首を抱く。彼女の舌が、僕の口の中に入っていく。

「……あの女とは別れたの？」

彼女がキスの合間に、細く目を開けたまま言う。

「別れました」

「嘘……、どうせ、かかってくる電話を無視してるだけでしょう？」

「別れました」

僕は彼女をベッドに倒し、またキスをする。力を入れ、バスローブの腰紐をほどく。

「……悪い男みたいな、そんな顔してる」

「僕は、あなたより悪い人間になります」

「……誰かを殺せるほど？……殺す方法があるの」

もう話したくもない。会話などいらない。彼女の首筋に何度もキスをし、バスローブをずらす。見えた肩と胸に唇を這わせていく。彼女の匂いが広がる。彼女の柔らかな胸をさわり、乳首に口をつける。

「あ……、駄目」

彼女が僕の髪の毛を撫でる。またキスをする。何度も。僕はベルトを外し、自分のシャツのボタンを外す。

「……少し待って。あなたに見せたいものがある」

僕は構わずに、彼女の身体に唇を這わせていく。バスローブをさらにずらし、ほどけていた腰紐をベッドの下に落とす。彼女が息のように声を出しながら、ベッドの脇の棚から何かを取り出している。腕だけを伸ばして。

「いつか話した……、弟が撮った、私の写真……。弟が私に送ってきた……」

彼女が目を細く開けて言う。

「私の本性が、写ってるの。……見て」

僕は無視する。彼女の背中に手を回し、また乳首を口に含む。

「見て……。あ……、ほら」

彼女が僕の目の前に写真を見せる。僕は息を飲む。

「……助けて……くれる？」

彼女が僕を見る。

「……殺して欲しい人間がいるの」

資料 5

きみからの手紙は、本当につまらないね。

きみの、Ｋ２のメンバーになった理由。あんな書き方で、僕が納得すると思うかい？　人の内面を覗こうとするのなら、きみだって曝《さら》け出さなければならない。

これ以上、僕はあの事件について書くことはしないよ。きみが、はっきりと自分のことについて書いてくれるまで。いくら僕が孤独だからといって、そこまできみに乗せられるわけにいかない。

わかったね？　残念に思わないでくれ。だって、きみが悪いのだから。

でも、こうやって拘置所の狭い部屋で、白い便箋《びんせん》の前に座っていると、人は何かを書きたくなる。……死刑囚はね、手紙ばかり書いているそうだよ。中には、宛名のない、誰に向かって書いてるのかもわからない手紙を書き続けている連中もいる。僕はまだ、相手がいるだけ幸いなのかもしれない。……だから、頼むよ。きみは、ちゃんと自分の内面を僕に見せてくれ。

……逮捕された時の話をしようか。きみが聞きたがってるのとは違う話を。あの時の不思議な感覚は、誰かに言ってみたいと思っていたんだ。……もしかしたら、きみだって他人事じゃなくなるかもしれないからね。

手錠が自分にかけられた時、「捕まった」と思ったよ。……妙な言い方になるけど、とても安心したことを覚えている。滅茶苦茶に飛び続ける風船を、しっかり捕まえてもらったみたいに。もうこれで、誰かに嘘をつかなくて済む。もうこれで、自分の内面の混乱に付き合わないで済むと……。犯罪者が根底で望んでいるものが、犯罪者がそれから逃げようとしている、つまり牢屋であるという皮肉。常識的に動いていく社会の中で、異物として生き続けることも終わる。異物は、異物として……、手錠。……自分の人生が、しかるべきところに収まった、という感覚。

それに……、捕まったら、もう僕がカメラを持つこともないからね。これでカメラから離れることができるとも思った。カメラ……。誰が、あんなものを発明したんだろうね。……恐ろしい道具だよ。……そう思わないか？

だけど人間は、いや僕は、とても勝手なんだ。捕まって、こうやって自分の人生を著しく限定されてしばらく時が過ぎると、また外に出たいと思い始める。カメラを、もう一度、持ちたいと思い始める。もし外に出たら、僕はまた滅茶苦茶に飛び続ける風船を内面に抱え、また暴発するだろう。そしてまた捕まり、安心するんだ。……酷い存在だ。……そうだろう？　もう殺してくれ、と思うよ。もう、僕は……。

今日は、調子がよくない。……言葉を書いていれば少しは落ち着くかと思っていたけど、言葉が沈んでいく。いつもは冷静な時にしか手紙は書かないのに。……一部の写真マニアの中には、僕は犯罪者であるけど、僕の撮った写真には意味があると言う人間達もいる。でもね、僕の写真は……、いや、これを書くと、きみは喜ぶだろうから書かない。……ただ、近頃、ずっと思い続けていることを一言だけ書くよ。つまり……。いったい、僕は何のために生まれてきたんだろう？

……関係ない話だったろうか？　でもね、これはきみが悪いんだよ。きみが自分を曝け出そうとしないから。

ところで、最近もう一人僕の本を書こうとする人間が現れたよ。彼はもう二度、この拘置所に僕を訪ねに来た。アクリル板越しに会話もしたよ。……きみは一度も僕に会いに来てないのに。

彼は、きみと同じで質問が早まる癖があるし、少し頼りない感じがするんだけどね、どうやら、姉が彼を気に入ってるらしい。あんなぐらついてる男のどこがいいのかと思うけど、……きっと、彼にもいいところがあるんだろう。

でもきみは、どうなんだろう？　きみは本当にK２のメンバーなのかい？　きみは、本当に僕の本を書こうとしているのかい？　手紙ばかりで、僕はきみについて何も知らない。きみがどんな顔をしているのか。どんな声なのかさえも。きみは僕に一度も会いに来ようとしないから。

だから、一度根本的な質問をしなければならないね。いったい……、**きみは誰だ？**

10

別に降る必要もないような、糸に似た細い雨が地面を濡らしている。

普段なら濡れようが構わないのに、僕は傘をさす。これから人に会うから。ずぶ濡れの人間が来たら、相手も不快に違いない。

木原坂朱里の部屋から、僕は逃げるように帰っていた。バスローブを脱がせた彼女を、途中で置き去りにしたまま。混乱していた。どうしようもなく。頭痛がし、意味もなく奥歯を強く噛み締める。そんなことをしても、頭痛が終わるわけもないのに。

気配を感じ、振り返ると猫がいる。黒く、腹の辺りが無防備に白い猫。猫はなぜか、僕の背後をずっとついてくる。僕の行く末を確認するみたいに。傘をさしていると、バッグを重く感じる。レコーダーやノート、便箋を意識する。木原坂雄大への手紙を、まだ一度も出すことができないでいた。彼は手紙などの方が心を開くと思っていたけど、どのように書けばいいかわからなかった。封筒もある。当然ペンも。一度書き出せば言葉は出てくるのだろうか。僕は彼と、まだ二回しか会っていない。

コンクリートの壁が見える。古い屋敷のような民家を覆う、高い壁。幾本もの木が伸びている。住宅地の中に、その壁に囲まれた屋敷はなぜか馴染《なじ》んで見える。

チャイムを押す。女性の声がし、しばらくするとドアが開いた。まだ若い女性が出迎える。彼女は笑顔で、僕を広い庭へ通す。

「お待ちしてました」

庭でしゃがんでいた男がそう声を出す。人形師の鈴木。白の、上下のトレーナーの作業着を着ている。色は違うが、木原坂雄大が着ていたものに形が似ていた。

「……そろそろ来る頃だと思ってたんですよ。……木原坂さんの本を書くのでしょう?」

彼が笑顔で言う。女性も笑顔で僕を見ている。背後に気配を感じ、振り返るとさっきの猫がいた。人形師に近づき、その場で転がる。人形師の飼い猫だろうか。よく見ると首輪もある。

「……はい。混乱しています。……僕には」

「手に負えない?」

「ええ」

「……そう」

彼が心配そうに言う。人当たりのいい声で。彼はいくつなのだろう。四十代だと思っていたが、外で会うともっと若く見える。

「取りあえず、中へどうぞ。僕は今日作業はしませんから」

女性が玄関のドアを開け、中へ入れてくれる。廊下を歩き、見覚えのある広い畳の部屋に出る。息を飲む。様々な服を着た、無数の人形達。まるで生きているような。いや、生きていないと明らかにわかるのに、決して死んではいないと思えるような。人間であると脳は認識しているのに、絶対に人間ではないと僕の中の何かが感じているような。無数の人形達の生々しい視線が、あらゆる方向を見ている。その中の一つと目が合う。鼓動が微かに速くなる。少しでも見る角度を変えると、それぞれの人形は全く違った表情を見せる。

「……最近は、趣味としてはつくれないんです。忙しくて」

「依頼は多いですか」

「ええ。……時代のせいですかね。生きている人間の作製をよく頼まれます」

人形師はそう言って微笑む。目が異常に細く、肌が白い。長い髪は線が柔らかく、きちんと整えられている。

「タブーだった、と聞いてますけど」

「ええ。でも頼まれてしまえばね」

「本物を殺せ、と言われた人もいたそうですが」

僕が言うと、人形師が気の毒そうな顔をする。そんな人形をつくったのは自分であるのに。

「困ったことですね。……とても困ったことです。でも、私はつくるだけですから。……私は人々の願望を物体化しているだけです。物体化することで、見えてしまうものもありますが」

女性が用意してくれたお茶を飲む。人形師が畳に直接座ったので、僕も座る。人形達を正面に迎えながら。女性がいつの間にか消えている。

「……彼女は？」

「ああ、人形ですよ」

「……は？」

「ははは、冗談です」

人形師が笑う。本当に嬉しそうに。

「いえ、弟子みたいなものです。……亡くなった旦那さんをつくるために、僕の元にいます。僕と定期的にセックスをしていますが、心は完全に旦那さんのところにあります」

「……あなたの心は？」

「心？」

人形師が僕を見つめる。

「……そんなものはないですよ」

さっきの猫が部屋に入ってくる。僕達の周りをうろつき、やがて飽きたようにまた姿を消した。僕は女性の入れてくれたお茶を飲み、人形師も同じものを飲んでいる。やがて彼が微笑む。

「嘘です。また嘘をついてしまいました。……ただね、私が彼女とセックスをしているのも、人形をつくるためです。人形は、人間のコピーでなければならない。人形が人形のコピーであってはならない。……なので、僕は人間にもふれていなければいけないんです」

「あなたは……」

「ははは、僕のことじゃなく、木原坂君のことでしょう？」

彼が僕を見つめる。細い目で。

「彼はね、一流のカメラマンでした。でも不幸なことに、……彼は超一流になろうとした。もしかしたら、そんな存在などいないほどの存在に。……あれを見てください」

人形師の手の先に視線を向ける。無数の人形達の端に、一つだけ、作製途中のような人形がいる。髪もなく、肌色の身体をさらし、服を着ていない。顔も、身体の凹凸もない。

「あの、まだ命の入ってない人形。誰の姿にもなっていない、何の特徴もない人形。……あれなんですよ。彼の『蝶』の写真の背後に写ってるものは」

「……え？」

「……彼の欲望は、全て誰かの真似なのです。……つまり、彼の中には何もない」

人形師が僕を見続ける。

「実験、したのですよ。……彼と二人の時。彼が、自分の理想とする女性をつくってくれと言いましてね、僕はエンピツを手にデッサンしました。だけど、どうしても彼の言う女性の顔は誰かに似てしまう。彼の姉や、彼の母、芸能人、つい先日見かけたウエイトレス……。人間の好み、欲望というのはそんなものかもしれない。……ですけど、何気なく適当に描いたものを見ながら、試しに僕がこう言ってみたんです。『私はこういう女性が好きですね』と。……そうするとね、彼も段々それが気に入り始めた。そしてやがて、この人形をつくってくれと、相当な熱意を持ってしゃべり始め……、彼は途中でそんな自分に気づき、黙り込んでしまった」

人形師が短く息を吸い、静かに続ける。

「彼が最初にカメラに興味を持ったきっかけは、……友人と二人で見たカメラのコマーシャルだったんですよ。カッコいい男性が、カッコよくカメラを使うコマーシャル。……その時横で友人が、『いいなあ』と言ったんです。羨望の眼差《まなざ》しで、『いいなあ、こういうの』と。……彼はその瞬間、そのカメラが少しだけ欲しくなった。そしてそこから、とてもとても欲しくなっていったんだそうです」

「……そんな」

「彼の中には、何もないのです。彼が姉を好きになったのも、近親相姦の映画を見たから。そしてそこに登場した女性が、とても奇麗で官能的だったから。しかも一緒にそれを見た人物が、自分にも奇麗な姉妹がいたらと冗談っぽく言ったのだそうです。……きっかけがそのようなものでも、いや、そのようなものだからこそ、彼はその後、欲望を少しずつ増幅させ、やがて病的にのめり込むのです。他人の模倣、欲望の模倣である自分の欲望を、本物にするために」

人形師は一度視線を下げ、また僕に向けた。

「そして、彼は二人の女性を殺してしまった。そのことには、僕にも責任がある。……僕が話してしまったから」

「……話？」

「僕の好きな、ある人形師の話を。今日は、僕の知ってることを全て話します」

外では雨が降っている。

「室町幕府の末期、応仁の乱という戦争をご存知ですよね？……室町幕府がもうその機能を失って、各地方の武士達が様々に挙兵して、全国で互いに殺し合った凄まじい戦争でした。誰が本当の敵で戦いの目的が何なのかもわからない、様々な戦争が同時多発的に発生した、日本の歴史上で起きた空前の狂乱の時代です。……その後歴史は戦国時代へ入っていくのですが、これから話すのは、その応仁の乱の時代に生きた、ある天才カラクリ人形師の話です。つまり……、混乱の中で、人が死に過ぎた頃の話です」

彼は微笑む。

「その人形師は、その技術もさることながら、赤を巧みに使うことでも知られた天才でした。人形師がこれまでつくったカラクリ人形はどれも、朱色の美しい着物を着ていたんです。……その人形師の妻は病弱でした。ほとんど寝たきりの生活で、その人形師がずっと面倒を見ていた。人形師は、妻のことをとても愛していたんです。でも、人形師のその愛情は激しかった。人形師の愛情は、つまりそのセックスは、病弱の妻を壊しかねなかった。人形師は思います。妻の人形をつくろうか。でも、生きている者の人形をつくればその相手は死ぬ。そう信じていました。……しかしながらある時、妻が私の人形をつくってくれと言う。私はもうすぐ死んでしまう。これからさらに痩せていく。だから美しい時のわたしをそこに留めてくれと。……人形師はその妻の言葉で、妻の人形をつくり始めます」

外では雨が降り続けている。僕はずっと彼の話を聞いている。彼の小さな声を。

「……それだけなら、まだ悲しい美談でした。通常の人達が許容できるのはここまで。……大体、予想がつくでしょう？　その人形師はやがて、妻の人形の作製に夢中になり、狂い始めるんです。……その人形は、妻の美を超え始める。完成に近づくにつれ、妻の身体が衰弱していく。まるでその人形に精気を吸い取られていくみたいに。……しかも、度々起こった地震によって彫刻刀が幾度もすべったり、いつの間にか刃のかけていたカンナで削ってしまったりしたことが、逆に思わぬ美をその人形の上に浮かび上がらせていくことになる。つまりその人形師も意図しなかった偶然の重なりによって、その人形はその人形師の能力を超え、神の、いえ大地の、多くの戦死者の血を吸い込んだ大地の力を借りたように、人智を超えたものになっていく。……妻は嫉妬を感じます。つまり、妻は自分に嫉妬を、自分よりも美しい自分に嫉妬を感じることになりました。人形師は人形の作製に没頭し、妻の姿を顧《かえり》みなくなる。早朝でも、昼間でも深夜でも、その人形師の家からは彫刻刀の人形を削る音が響き続けていました。……その後、死後数ヶ月経った妻の白骨死体もそのままに、赤い人形と暮らす人形師の姿が発見される」

部屋の温度が、少しずつ冷えてくる。

「でもそこに至るには、一つの妻の行動があったんです。死に瀕していた妻が、突然立ち上がりました。人形の作製に夢中で、もう一切自分に関わろうとしなくなった夫の背後に、妻は真っ直ぐ立った。そして、妻は夫に呪いをかけたんです。……あなたがもう、この人形でしか生きられなくなるようにと。妻は人形の上に吐血します。死に至る最後の吐血。人形師は、その赤く染まっていく人形をじっと見つめます。その圧倒的な美を。自分のこれまで求めていた赤は、この色だったと。人を死に至らしめながら噴出したその赤。……妻は人形から夫を引き離す努力は放棄し、もう憎悪の対象でしかなくなった夫の未来の破壊だけを願うようになっていました。……その肌が赤く染まった人形は、人を狂わせる美をもちました。人形師はその後、あらゆる女性に意識を向けることができなくなる。なんとか興味を持とうと努力しても、決してできなかった。赤い人間など、この世界にその人形しか存在しなかったから。それだけじゃないのです。人形師は他の作品もつくることができなくなった。もう、あのような赤を手に入れることはできないから。最愛の人間から噴出した血など、もう手に入るはずもなかったから。人形師は、偶然の重なりによって生まれたその人形の美、さらに、そこに加わった妻の赤、その総体に吸い込まれていたから。人形師はやがて狂い死ぬことになります。人形師の最後の言葉はこうです。この最後の言葉が問題だった。『あの人形は、妻が死んだらもっと美しくなった』」

彼は不意に立ち上がり、自分のつくった人形達に近づく。彼女達の髪を撫でる。無表情に。

「……その人形はしばらくある寺院に保管されましたが、やがて処分されることになります。なぜなら、それは存在してはならないものだったから。人形師以外の男も、その人形を一度見れば女性を抱けなくなった。女性を抱こうとすると、その赤い人形が幻影となって目の前に現れるからです。……その人形の表情は、微かに笑っていたらしいのです。でも、それが一体どのような笑みなのか、誰にも判断ができなかった。どのような笑みでもなく、かつどのような笑みでもある笑み。まるでモナ・リザの微笑のように。でもモナ・リザの笑みが人々に芸術の美を感じさせるのとは反対に、その人形の笑みからは狂気しか発せられていなかった。これはどのような笑みなのか、と脳がいつまでも判断できなくて、見る者はやがて苦しさと眩暈《めまい》を感じた。……絵にしろ、人形にしろ、それは実際の人間の笑みじゃない。つくられた一種の記号です。そうであるのに、人間の知覚はそれを『笑み』と認識する。なぜ知覚ということにおいて、そんなことが起こるのでしょうか。しかも、それが一体どのような笑みなのかわからなくなり、混乱が続きやがておかしくなってしまうような……。他の動物でもそうなのでしょうか。犬に犬の絵を見せたとして、一体どれくらいのクオリティーから、犬はその絵を犬と認識するのでしょう？」

人形師が僕を悲しげに見る。

「私はね、……その人形師のような人形をつくってみたいのです。つくってはならないものを。存在してはならないものを……。私を狂っているとお思いでしょう。でも構いません。私の人生はもう終わっているのですから。……ある意味では。……でも、私はこの話を、木原坂君に話してしまいました。彼の二つの殺人は、僕の話に影響を受けているように思えてならない」

「しかし、……彼は、斎藤さんからも話を聞いています」

「斎藤さん？　あのストーカーだった青年ですか」

「はい。ですから、彼は」

「……なるほど、僕だけではなかったのですね。彼に話してはならない話をしたのは。二つも聞けば、彼に影響を与えるのには充分でしょう。……それに、元々斎藤さんに人形を作製したのは私です。……私が諸悪の根源ということになります」

「……そうでしょうか？」

「え？」

「いや……」

僕は口をつぐむ。何かを言おうとしたけど、言葉が出てこない。

雨が強くなる。人形師は、カーテンを微かに開け外へ顔を向けているが、その目は何も見ていないように感じる。僕はカップに手を伸ばし、もう何も入ってないのに気づく。人形師がまた僕を見る。悲しげに。

「まず最初の被害者、吉本亜希子さんは焼け死んでいる。火事、と処理された。木原坂君も大きな火傷《やけど》を負い、彼のスタジオも全焼していたから。……だけどね、僕は知っていたんです。やはりあれは火事じゃなかった」

「……どういうことですか」

「写真を見たから。……彼が撮った」

人形師が僕を真っ直ぐ見る。細い目で。鼓動が速くなる。

「彼は撮っている。火で激しく燃えた、吉本亜希子さんの写真を。……『地獄変』という小説をご存知ですか?」

「……はい。芥川龍之介の小説」

「そうです。……彼はあの話が病的に好きだった。きっと、誰かその小説を彼に何気なく勧めた人間がいたのでしょう。……彼は恋人を燃やし、それを写真に撮ったのです。でも誰にも見せなかった。当然です。そんな写真があったら、自分がやったことがバレてしまう。……さらに」

人形師が短く息を吸う。

「……美しくなると思った。彼女が死ねば、彼女を撮った自分の写真が。本物が死ぬことで。……斎藤君の人形のように。応仁の乱の時の、人形師のあの人形のように。……彼は、あってはならない写真を撮ろうとした。僕と同じように。彼は越えてはならない領域に行こうとした。亜希子さんは目が不自由だった。そんな彼女を。しかも他人の真似で」

「……芥川龍之介の『地獄変』の元は、『宇治拾遺物語』や『古今著聞集』ですよね」

「ええ。文化の系統の中にあるものです。彼はそれを写真でやろうとした。でも、ここで奇妙な問いが生まれるのです。果たして、……恋人が燃えている写真と、恋人が死んでからの、彼の所有していた恋人の写真は……、どちらが美しいのか」

　彼が複数の写真を僕に見せる。僕は写真に手を伸ばす。指が微かに震える。

　一枚目は、吉本亜希子が燃えている写真。火の中で、目を閉じた彼女が激しい炎に包まれている。二枚目は、その部屋の中が、同じく激しい炎に包まれている写真。三枚目は、その被害者の吉本亜希子を、生きている時に撮った写真。スタジオで椅子に腰掛け、目を閉じ、微かに微笑んでいる。もう一人の被害者の写真もある。小林百合子。彼女も炎に包まれている。その時の部屋の様子も。崩れていく壁や機材も。写真は他にも何枚もある。炎の写真、彼女達が焼けていく写真、燃えていくスタジオの写真。

　しかし、と僕は思う。しかし——。

「……おわかりでしょう? こんな恐ろしいことがあるでしょうか。彼は失敗したのです。人を殺してまで撮った写真を。……しかも、彼が撮っていた彼女の写真も、魔力を帯びることはなかった。彼は当時、スランプの中にいた。スランプから脱しようと、彼はこの写真を撮ったのです。スランプといっても、普通のカメラマンのスランプではありません。彼の場合、スランプとは即ち破滅を意味した。破滅するなら、無力としてではなく、あってはならない写真を撮って狂い破滅しようとした。……でも、失敗した。なぜ彼はせっかく燃やしたのに写真を撮らなかったのかという謎は様々な方面で囁《ささや》かれていましたが、理由は簡単です。失敗したから。誰にも見せられなかった。彼は僕にだけこれを預けた」

「だから繰り返したと仰るんですか。この二回目を」

「そうです。二人目の被害者、彼のモデルを務めた小林百合子さんも同じ方法で殺してしまった。結果的に、その事件が全ての真相を明るみに出すことになった。彼は嘘ばかりつく人間だったけど、もうそれで終わりになった。……だけどね、この事件はそれだけじゃないんです。……木原坂君のお姉さんは、レズビアンなのかもしれない」

人形師の声がさらに小さくなる。

「え?」

「……あなたは、もう手を引いた方がいい。妙な話ですけどね、……私も手を引こうと思ってるのです。私にもわからないことがあるから。だってそうでしょう？　いくら彼が写真にのめり込んでいたからといって、その狂気を明確な殺人にまで飛躍させるにはきっともっと何かがあったはずなんです。本当に芸術だけで、人は人を殺せるでしょうか？　彼の狂気をそこまで育てた何かがあるはずなんです。彼女達はただ殺されただけじゃないのかもしれない。そこにはもっと残酷な狂気が。なぜ朱里さんは僕にあんな申し出を……。これをよく見てください。お気づきにならなかったですね」

人形師が指をさす。背後の、無数の人形の中の一つを。鼓動が速くなっていく。

（11）

巨大な壁掛け時計が、死んだように静止している。

「……この仕事から、……降りたいと思います」

言った瞬間、微かに疼《うず》く後悔と、静かな解放を感じた。目の前の編集者が、僕をやや放心したように眺めている。

「なぜ……?」

「……僕には無理です。申し訳ございません」

「具体的に説明して欲しい。何があった」

編集者の部屋。僕はテーブルの上の、ウイスキーのグラスを見つめる。編集者も同じものを見つめている。彼が煙草に火をつける。僕は黙り続ける。

「……手に負えない、ということ?」

動かない壁掛け時計を見る。この部屋に不釣合いなほど、それは大きく見える。彼が口を開く。

「……カポーティの『冷血』を読んだことは？」

「……あります」

「彼はあのノンフィクションを書いた後、まともな作品を書けなくなった。心が壊れてしまったから。……でもね、……彼は書き上げたんだよ。あの本を」

彼女からも、似たことを言われていた。鼓動が速くなる。彼の声がやや大きくなる。

「確かに、僕の仕事のやり方は冷酷かもしれない。病的と言われることもある。僕は書き手の能力の、その限界以上をいつも求めるから。……そのことによって書き手の心が壊れることもある。でもね、いい本をつくりたい。それだけなんだよ。冷たい言い方になるけど、僕が気にしているのは書き手のことじゃない。その作品だけだ」

「それはわかっています」

「……本当に？」

編集者が僕を真っ直ぐ見る。

「カポーティは書ききることができた。自分の全ての魂を使い果たして。なのに……、きみは途中で投げ出すのか？」

彼の言葉は終わることがない。

「……がっかりしたよ。僕はきみのその姿勢に失望した。きみは自分の作品より、自分の生活の方が大事らしい。……帰ってくれ」

彼がもう一度煙草を吸う。

「きみの取材にかかった費用は請求しない。こちらとしては大損だけど……、もうきみに関わりたくもないから」

資料　6

顔をタオルで巻かれた女が、男に抱かれている。

女が喜んでいることが、彼女の身体の反応で伝わってくる。女の胸に舌を這わせる男の頭を、女は優しく撫でている。男の顔にもタオルが巻かれているが、男の方は、目と口だけが微かに見えている。

男の性器が女の中へゆっくり入っていく。女は身体を仰《の》け反《ぞ》らせ、足を大きく開き、やがて男の腰を挟むように足を絡める。男が腰を動かし、女が受け入れていく。この映像に音はない。

男が性器を入れたまま背中をベッドに倒し、女が上に乗る。女は激しく腰を動かし続けている。女は夢中になっているが、男は時々、わずかに覗く目でこちらに視線を向けてくる。カメラの位置を確認するみたいに。

男はこの行為を隠した固定カメラで撮影している。女は知らない。

男が一旦身体を離し、女を四つんばいにさせ、後ろから性器を入れる。女は男にさせるままにしているのではなく、自らも腰を動かしている。盛りのついた虫みたいに。女の漏れていく性液で、白いシーツが酷く濡れている。男が性器を抜くと、中で溜まっていた女の性液がさらに溢れる。男は一度こちらに視線を——まるで今溢れた性液をしっかり撮影できたことを確認するみたいに——向け、また自分の性器を女の中に入れる。男が腰を動かす。とても激しく。女も、だらしなく自分の腰を動かしている。何もかもどうでもいいというように。

男はコンドームをつけていない。そのまま、女の中に精液を入れていく。一滴も残さず、執拗に奥に注ぎ込むように。女は身体を小刻みに震わせながら、それを自分の体内に受け入れていく。細いのに肉感に溢れ、女は多くの男達に抱かれてきた身体をしているように見える。女が男にキスを求め、男が女の顔のタオルを取ろうとする。映像はそこで不意に終わる。

資料 7

作文（10歳）

ぼくにはお父さんもお母さんもいません。なので、自分のりょう親について、書くことができません。お姉ちゃんがいるけど、お姉ちゃんのことを書いたら、先生からちがうといわれてしまうから、しせつの先生のことになるけど書きます。先生は、ぼくたちの親だって、よく言ってるから。でも、たいへんそうで、ときどき、たいへんだなあと、おもいます。

でも、いっかいだけ、ふしぎだった。大川こうえんで、どこかのお父さんと、お母さんと、女の子が、歩いているのをみました。そういうのは、まえも、なんかいもみたことがあった。でも、ふしぎだった。なんで、あの女の子が、ぼくじゃないのかなとおもいました。ふしぎだなあと、おもいました。ぼくが、あの女の子になったら、にせものと、いわれて、おこられるのかなあとおもいました。

　女の子は、お父さんと、お母さんと、手をつないで、あるいてました。わらったりして、きれいなくつを、はいていました。ぼくが、その女の子を、泣かせたりして、どこかにおい出したら、でもやっぱり、おまえはにせものだと、いわれるとおもいました。なので、女の子は、ほんものの、女の子だから、いいなあとおもいました。女の子たちが、ぼくのよこをとおりすぎていって、太陽が、とても光って、目に、みどり色のあとが、ついたみたいになって、ずっと、のこっていました。目がいたくなって、目がいたいなあとおもいました。ヒビが、入ったみたいになって、電ちゅうとか、道とか、いろんなのに、ヒビが入ってるようにみえました。ヒビが、どんどん、広がって、ぼくはこわくなって、目をつむろうとしたけど、ぜんぜん、つむることができませんでした。ぼくのいるところが、まちがってるみたいな、そんなきもちになって、むねが、ドキドキしました。ぼくは、女の子たちを、もう一回みようとおもいました。でも、みどり色のあとと、どんどんふえるヒビで、じょうずにみることができませんでした。ヒビが、ぼくをかこんでるみたいで、いきが、すごく、くるしくて、ぼくは走って、そこから、とおくに、にげていきました。

　加谷くんが、ゲームをもってるのも、いいなあとおもいました。どちらがもっといいなあとおもったのか、わかりません。ぼくも友だちから、いいなあとおもわれたいです。

そのことを話したら、しせつの先生が、ぼくをなぐさめてくれました。先生は、やさしいです。ぼくは、いつも、先生のお世話になっています。お年玉を、もらいました。うれしかった。だけど、みんなより少ないから、少しだけ、悲しいと、おもった。でも、うれしかった。

資料　8

突然、きみは何を言い出すんだ。僕の取材をやめるだなんて。一方的過ぎると思わないか？

きみは、僕に会いにきてくれた。僕の本を書くと言った。なのにやめるなんて無責任過ぎる。いきなりこんな手紙をもらっても、僕は混乱するだけだ。もう一人、僕の本を書こうとしている人間がいたけど（黙っていて悪かったよ。でも、きみがもっと僕に会いにきてくれたら、僕はちゃんと話しただろう）、その彼からも、急に手紙が来なくなった。その彼とは会ったことはないし、手紙だけだったから、僕はどちらかというときみを信頼していたんだ。姉が気に入っていたくらいだから……。どういうことなんだ。ちゃんと説明して欲しい。僕を動揺させるのはやめてくれ。

……僕はね、ちゃんと死刑になろうとしている。だけど、時々、揺らぐことがあるんだ。「死刑」と言われて、すぐにだったらまだいい。でもね、時間があり過ぎる。その間に、揺らぐ夜はあるよ。抑えつけようとしても、どうしようもなく、怖くなることがある。もちろん僕の責任だ。しかし怖く思うのは、どうしようもないことなんだよ。それに、誰かが僕を襲おうとしている。これだけは我慢ならない。拘置所にいる僕を、どうやって襲おうというのだろう？　最近幻覚が酷いんだ。姉さんだって助けてくれない。姉さんは僕を愛しているけど、同時に僕を静かに憎んでいるから。……知ってるんだ僕は……。……頼りはもうきみだけなんだよ。

話そうか。卑怯と思われようが、話そうか。いいかい、よく読んでくれ。これは、何も僕が死刑になりたくないから書いてるわけじゃない。もう一度言うよ。死刑になりたくないから書いてるわけじゃない。あがいてるわけじゃない。だけど、きみが、まだ僕の事件に興味があるのなら、どこかのマスコミに、伝えてくれないか。あの弁護士は、僕の言うことを信用していないから。僕を精神病にする作戦ばかり立てているから。これは、そういう陰謀なんだ。僕を病気にするための……、みんなが見てるんだよ僕のことを。いや、違う。正確に言えば、みんなが聞き耳を立ててるんだよ僕のことを。コンクリートの壁と、鉄の扉を鼓膜のように使って。……だからね、僕はこの手紙も、そっと、静かに書いてるんだ。だって、書いてる音で、どんな文を書いてるか奴らにバレるといけないから。僕は賢いだろう？　ぬかりがないんだ。

ここからはもっと、そっと書かなきゃいけないね。音を立てないように……。いいかい、……よく聞くんだ。

あの二つの事件は、僕のせいじゃないんだ。彼女達が悪いんだよ。

最初に会った時のことを覚えているかい？　今、僕ときみはあの状態にある。言ったよね？　僕の感覚としては、三畳くらいの狭い部屋で、膝と膝を突き合わせて話してる気分だって。僕はきみに、今、全力ですがりついてるんだよ。死を恐怖した死刑囚に頼りにされ、精神を病んだフリーライターの話を知ってるか？　僕は今、きみにのしかかってるんだ。逃がしはしないよ。絶対に逃がしはしない！

一回目の事件、吉本亜希子のこと。彼女は美しかった。僕は目が見えない彼女の支えになろうと思った。少し前に、そういう映画を見たんだよ。僕は彼女と親しい関係になろうとして、彼女の写真を撮ったよ。何枚も何枚も。だけど……、上手くいかないんだ。何枚撮っても、僕は彼女より美しい彼女を撮ることができなかった。

モデルが悪いんだと思ったよ。あの頃、僕のことをスランプだと言うやつらがいたけど、絶対にそうじゃない。僕は才能があるんだから、いいモデルさえいれば、いい写真を撮ることができる。僕は彼女をいつまでも椅子に座らせて、逃げようとするから、仕方なくロープで足を固定して、写真を撮った。彼女は痩せていった。でも仕方ない。僕だって食べてないんだから。僕が食べてないのに彼女が食べるなんておかしいじゃないか、そうだろう？　僕が食べてないのに彼女が食べるなんておかしい。それに、僕の中でイメージしていた彼女の写真は、痩せた姿じゃなきゃいけなかった。僕も食べてないんだから、彼女が食べてないことを悪いと思う必要はないと思った。

……芥川龍之介の、『地獄変』という小説をきみは知っているか？　目の前に、何度も浮かんだよ。彼女の燃える姿が。正確に言えば、彼女の燃える姿の写真が。炎に包まれた彼女の写真。人を燃やした時の炎の色……。イメージはあった。あとは彼女が燃えるだけだった。だけどね、あれは僕の意志じゃないんだよ。ロウソクの火は、何も彼女を燃やそうとして用意したものじゃない。写真の演出としてそこにあっただけで、彼女を燃やそうとしたんじゃないんだよ。なのに彼女は僕のすぐ目の前で燃えていった。あれは僕の天才が成した現象だった。僕は次第に頭がぼんやりとして……、本当だよ、信じてくれ。僕のスタジオも燃えてしまったんだ。僕も火傷を負ってしまったんだ。……でも、彼女の足を縛っていたロープも燃えたことは、僕にとってラッキーだったかもしれない。そうすれば……、ちゃんと事故だと判断してもらえるからね。現場に来て、彼女の焼死体を調べていたやつらも、さすがに足のロープの跡は見つけることができなかった。写真だって撮ってない。撮るわけないだろう？　そんな余裕なんてあるはずがない！　あれは事故だったんだから。僕にはどうしようもなかったんだ。

……二件目の事件の、小林百合子のことは……、あれはね、彼女の方から僕に近づいてきたんだ。本当だよ。僕は、なかなか魅力的だったりするからね……。何もみんなが言ってるように、僕がストーカーみたいにつきまとったとか、僕がいつも乗ってる青のセダンで連れ去って、無理やりスタジオに監禁したとか、そんなのは嘘だ。そんなのは陰謀だよ。きみは陰謀を信じるのか？　いま、僕の手紙を書いている音から、この文章の内容を盗み聞きしようとしている連中と同じというのか？　陰謀だよ。ここだけの話だけど……、いいかい、今から恐ろしいことをきみにこっそり教えよう。実は、検察も、裁判官も裁判員も、全員グルなんだ……。全員が、僕を死刑にするために裏で手を組んでいるんだ。本当だよ。確かな筋から得た情報なんだ。それでもいい。だけどそれだけじゃ足りずに、僕を襲おうとまでしているんだから。それは駄目だろう？

彼女はね、死にたがっていた。僕に殺してくれとずっと言っていた。見つめ合うだけで、それがわかったりもした。この女は殺されたがってるって、僕は目で感じることができるんだ。だってそうだろう？　そんなのは目を見ればわかるじゃないか。あいつは魔性の女だ。だけどね、僕が火をつけたわけじゃない。スタジオのドアの鍵を開けた時から（監禁していたわけじゃない。ただ彼女の安全を考えて、外側からも鍵をかけていた）、僕はもう夢中でどうすることもできなかった。女の肉が燃えていく匂いをきみは嗅いだことがあるか？　それはもう我を忘れる快楽だよ！　ただね、その時のことを思い出そうとすると、頭がぼんやりとして、蝶が飛ぶんだ、目の前を。あいつらが飛ばしてくる蝶だよ。僕の邪魔をするんだ。蝶が、僕の視界いっぱいに広がって……、都合がいいなんて思わないでくれ。僕だって辛いんだ。写真は……、撮ってない。……そんな余裕なんて、あるはずがない。

僕は逮捕された。二件目の小林百合子の事件が明らかに殺人だから、吉本亜希子も殺人だったというのがあいつらの言い分だよ。一人目はただの火事、二人目は放火殺人なんてあるわけがないって。でもね、僕は凡人じゃないんだよ。僕は天才なんだ。天才の周りでは色んなことが起こる。そうじゃないか？　それにさ、何をあんなに騒いでるんだろうね。だってそうだろう？　僕が彼女達の写真をもうすでに撮っているんだから、実物が死んだってどうだっていいじゃないか。

……死刑になりたくない。死刑になろうとずっと思っていたけど、僕は死ぬのが怖くなった。時々、こんな風に突然怖くなる夜があるんだ。もうこんな自分なんて死んでしまえばいいって普段は思ってるのに、やっと死ねると思ってるのに、突然、こんな風に急に怖くなるんだ。僕は何もしてないのに、無実の罪で死刑になるんだよ。マスコミにこのことを暴露してくれ！　お願いだよ。僕を死から救ってくれ！　そうだ、そうだ、まだ僕は控訴できるんだ。控訴できる！　控訴して、無罪になって、今度こそ、僕は最高の写真を撮るよ。僕には才能がある。今度は失敗しない。今度こそ僕は失敗しない。今度こそ僕は女が燃えていく最高の写真を撮ってみせる。今度こそ僕は女が燃えていく最高の写真を撮ってみせる。きみも見たいだろう僕の写真を。きみも見たいだろう僕の写真を。あんな出来損ないの写真はただちょっと失敗しただけさ！　目の前で人間が燃えて動揺しただけだ！　しかもせっかく燃やしたのに僕の元々の写真には何の変化もない！　僕の取材をやめるなんて嘘だ。冗談だろう？　冗談だろう？　そういうのはなしだよ。僕を一人にしないでくれ！　姉さんは僕に死ねというんだよ。遠回しに、遠回しに、死ねというんだよ。なぜだ？　姉さんの手紙からは何だかいやらしいそそのかしがあるんだよ。いやだ、死にたくない、死にたくない、死にたくない、死にたくない。僕はきみを逃がさない。絶対に逃がさない。きみは僕を救うんだ。会いにきてくれ。お願いだから。僕が襲われる前に、きみは僕を救うんだ。会いにきてくれ、会いにきてくれ、会いにきてくれ、会いにきてくれ、会いにきてくれ…………………………。

でも……、きみはどう思う？　平凡な女が死んだって……、それが一体、どうだというんだろう？

資料 9

小林百合子　ツイッター　2月11日～2月18日まで

ユユコ　ｙｕｙｕｒｉｎ１１２１　読書と映画とショッピングが好きです。少しだけモデルのお仕事してます。

2月11日　14時12分
今日わお買い物だよ（笑うフェイスマーク）　バッグ買うかも!!

2月11日　19時2分
ひつまぶしっ（笑うフェイスマーク）

2月11日　19時51分
うまし――――！！！

2月12日　1時46分
寝れないよ～明日はやいのにやばす（泣くフェイスマーク）

2月12日　16時1分
お仕事もらえた（驚くフェイスマーク）有名な写真家さんだよ（驚くフェイスマーク）

2月12日　23時8分
みんなありがと――‼

2月12日　23時59分
頑張ります（目をきつく閉じるフェイスマーク）

2月13日　14時12分
支えあって生きてるんだなあと実感（汗をかくフェイスマーク）いま友達と遅めのランチ（笑うフェイスマーク）

2月17日　15時13分
実わ、ちょっとイメージ違ったかも（冷や汗のフェイスマーク）

2月17日　15時51分
落ち込んでないよ〜

2月17日　16時3分
大丈夫なり（笑うフェイスマーク）

2月17日　17時23分
マツコ面白い〜〜

2月18日　14時12分
ショッピングゥ!!

（ここで唐突に書き込みが終わる。以後更新されず）

※

小林百合子の手記（ダイアリー手帳、元日から2月17日のスペースまで全日書き込まれ、2月18日以降空白。2月25日から再び始まる）

2月25日
笑顔でいる。笑顔でいれば大丈夫。

2月26日

取り乱したら駄目。絶対、駄目。

2月27日

孝之さん。ごめんね。もしかしたら、私はもう死んじゃうかもしれない。でも、孝之さんのことは忘れないから。怖いよ。怖い、助けて。

2月28日

身体を許すしかなかった。私が悪いのだろうか。ごめんね。本当にごめんね。私は恐かった。あれ以上、殴られたくなかった。とても痛かった。私が悪いのだろうか。悪いのは私なのだろうか。悔しい。助けて。助けて助けて。

2月29日

助けて

3月1日

助けて　　助けて　　　　助けて

3月2日
助けて　いやだ。いやだ。いやだ。
3月5日
私はこんなところで死にたくない。こんなところで死にたくない。写真がなんだっていうんだろう。命をなんだと思ってるんだろう。女をなんだと思ってるんだろう。こんなところで死にたくない。こんなところで死にたくない。友達に会いたい。どこかに行きたい。私は生きたい。生きたい。私は生きたい。たとえどんな風になっても、私は生きたい。孝之さんはもう会ってくれないかもしれないけど、私は生きたい。私は孝之さんが好きです。
3月6日
体が重たい。痛い。痛い。　　　　　助けて。
3月7日
（＊字が判別できず）

3月9日
(＊字が判別できず)

折りたたまれたメモ(紙は手帳のものと一致)
3月18日
誰か、この文を読んだら、警察に届けてください。私は、小林百合子という者で、この家に監禁されています。相手は、木原坂雄大という写真家の男です。お願いします。私は、もうすぐ、殺されてしまいます。

折りたたまれたメモ(紙は手帳のものと一致)
3月29日
誰か、この文を読んだら、警察に届けてください。
私は小林百合子という者で、住所は〒179―0092 練馬区加茂川町2―2―19アルデマンション408です。私は、木原坂雄大という写真家に、監禁されています。足を柱と結ばれて動くことができません。もう何日もなにも食べていません。

場所は、この、青い小屋のような建物です。もし、この紙を、ここから離れた場所で拾った方がいたとしたら、まわりには、そういう建物はないかもしれません。彼は青い車に乗っています。木原坂雄大という男です。髪は長くて、やせており、ほおに一つホクロがあります。

お願いです。警察に届けてください。私の服のボタンと、私の髪の毛を同封します。ボタンは私のお気に入りの服のもので、友達なら、見たらわかります。私の髪は、もうほとんど燃やされて、あまり残っていません。私は、もうすぐ殺されてしまいます。でも生きたいのです。私は生きたいのです。お願いします。お願いします。お願いします。

(彼女の死はこの最後のメモの翌日。似たメモ書きが12枚、窓の下で発見。一部が濡れ、一部に焦げた跡)

資料　10

小林百合子が、傾いたソファに座っている。

木原坂雄大のスタジオ。小林は脅えたようにスカートの裾をさわっている。彼女の目の前にカメラがある。スタンドによって固定されたカメラ。彼女の背後には、巨大な反射板がある。画面は彼女と彼女と向き合うそのカメラを、右側から捉えている。

彼女はなおも脅えたように自分の髪の先にふれ始める。彼女はメイクをしていない。部屋の隅には、でも彼女のためのメイク用の鏡台がある。ゴシック調のそれは、恐らく高価で、相当古いもののように見える。彼女は一度立ち上がり、なすすべもないというようにまたソファに座る。辺りを見渡している。その視線はやはり脅えている。

彼女の正面にあるカメラ、その背後のドアが不意に開く。男が入ってくる。男はトランクを引きずっている。彼女は男のトランクを見ると、なおも恐怖に顔を引きつらせる。男が固定されているカメラの前に立ち、構図を見るようにそのファインダーを覗き込む。男が残酷に笑う。彼女に何かを言う。何度も何かを言う。彼女の口は大声を上げるように大きく開かれている。彼女は怒りを吐き出しているように見える。この映像に音はない。

男がしゃがみ込み、トランクを開ける。巨大なトランク。中に女が入っている。木原坂雄大の姉。

小林百合子はそれを見ると、安心したように男に何かを言い始める。彼女と男は、トランクから朱里を出す。彼女は深く深く眠っているように見える。

小林百合子は服を脱ぎ、下着も取って裸になり、同じく裸の朱里に自分の下着と服を着せていく。代わりの服を男から受け取り、身につける。朱里の指に小林の指輪をはめる。

傾いたソファは人が寝れるほど長い。二人は朱里の顔をタオルで覆い、ソファに横にさせ、身体の上に布を乗せる。布から腕だけをだらりと外に出させている。油を注ぐ。そんなにも、注がなくてもいいと思えるほどの量を。別の薬品のようなものも注いでいる。ソファにも、ソファの下の絨毯《じゅうたん》にも。

小林百合子はまだ脅えが抜け切れていない。二人が同時に、ドアの方を向く。小林百合子が側の椅子を使い、簡単に開く窓から部屋を出ていく。男はマッチをすり、朱里に向かって投げる。朱里の上に乗せられた布が燃えていく。少しずつ、少しずつ。男はしばらくその場に立っていたが、やがて椅子に足をかけ、窓から部屋を出ていく。出る時に使った椅子を蹴って倒し、急ぐように外側から窓を閉める。部屋には、徐々に燃えていく朱里だけが残される。右腕だけがソファの下へだらりと伸びている。

ドアが開く。別の男が入ってくる。男は目の前で燃える火を茫然《ぼうぜん》と見ている。火が徐々に激しくなっていく。男はなおも立ち続けている。男が異常に汗をかき始める。身体が痙《けい》攣《れん》するように震え始める。煙が噴出し、ソファごと、火がさらに激しくなる。男は不意に、固定されていたカメラに飛びつく。シャッターを切る。何枚も何枚も。彼の口の動きで、彼が小林百合子の名を叫んでいるのが見える。叫びながらも、彼は取り憑かれたようにシャッターを切り続けている。でももうこの場所には、彼と姉しかいない。

画面が不意に動き、部屋のカーテンに覆われた窓枠が映る。そのスタジオの建物が、少しずつ遠ざかっていく。そのカーテンの隙間は二センチほどであるから、この映像が小型のカメラで撮られていることがわかる。でも、思い出したように画面がまたスタジオに近づく。誰かの右手が画面に映り込む。男の手だ。手には何かのメモの束がある。その手は少しも震えていない。彼はそれをスタジオの窓の下にばらまき、またその場から遠ざかっていく。

画面が一台の車に近づく。車内には小林百合子と男がいる。男が、小林百合子に木原坂雄大の姉の部屋の鍵や、保険証、年金手帳などを渡している。偽造した写真も、字体を覚えるための、彼女の日記なども。小林百合子は落ち着きを取り戻し、男に笑みを浮かべている。男がどんな表情をしているかここからは見えない。画面が車内に入り込んでいく。ドアが閉まり、車がゆっくり走り出す。映像はそこで不意に終わる。

資料　11―1

僕はいつから間違ってしまったんだろうね。

でも、こうやって自分の人生を振り返る時、僕はいつもわからなくなるんだ。一体、自分がいつから間違えたのかを。ずっと遡《さかのぼ》って、結局のところ、生まれ直すしかないんじゃないかと感じて気分が暗くなることがある。……もしかしたら、人間の一生とはそういうことなのかもしれない。自分の人生を、たとえ間違ったものであったとしても、ずっと最後まで見守っていく……。自分というものを最後まで……。どうだろうか。

きみとのことを語ろう。それ以外に、僕の人生に意味のあるものは少ししかないのだから。覚えているだろうか？　僕達の出会いを。場所は図書館だった。点字に関する、小さなシンポジウム。僕はね、あれほど誰かの言葉を美しく体験していく人を、これまで見たことがなかった。

字に、指でふれる。本に書かれた言葉は、きみの指先から、きみの中に入っていく。指をずらしていきながら、きみは時折微笑んでいた。きみはね、いつも心配していたけれど、とても美しい女性だったんだ。きみがあの時読んでいたのは、オルハン・パムクの『雪』だった。僕の大好きな本だよ。あの時きみは、何を読んでるのと聞いた僕に、笑顔でそう答えてくれた。

僕はその後、すぐ謝ることになった。本を読んでる途中の人を、本の世界の中に入ってる人を、途中でこの世界に呼び戻してしまったことを。きみは謝る僕に不思議そうな顔を向けた。その時のきみも……、本当に奇麗だった。

「たくさん本を読んだの」

きみは僕にそう言った。

「何かをする、ということは、自分の人生の時間を、何かの中に浸らせるということだと思う。……私は、たくさんの作家達の言葉の中で、自分の人生を過ごしてきた。選び抜かれた言葉、様々な人生の物語、人が体験する挫折や悲しみ、そして希望の中に。……それはとても幸福なことだと思う」

初めてキスした時のことを、きみは覚えてるだろうか。ライトアップされた噴水の前のベンチ。でも、実は全然ロマンチックじゃなかった。噴水は節水のために止まっていたし、ベンチも寂れていた。僕はちょっと周りの目を気にしたけれど、きみが「大丈夫、誰も見てない」と言ったんだ。おかしいよね。目の見えないきみの方が、周囲の様子をちゃんと知っていたみたいだった。

「あなたがつくった本が好き」

きみは僕にそう言ってくれた。僕が編集した、ミシェル・ペトルチアーニの伝記。彼の弾くピアノの鬼気迫る旋律が、ふれる文字から溢れくるみたいだと言ってくれた。嬉しかったよ。でもね、あの箇所は、僕が病的に何度も何度も、書き手に直させたところだったんだ。書き手は苦労しただろう。でもその苦労の代わりに、彼はこんなにも美しい人を感動させることができたんだ。

きみとのセックスは、僕にとって奇跡のようなものだった。きみは自分の身体について心配していたけれど、本当に、本当に奇麗だった。僕は夢中になって、きみも夢中になってくれた。

「左右で、大きさが違うの」

きみは恥ずかしそうに、自分の胸に手を当てながら僕にそう言った。

「大丈夫、みんなそうだよ」

「本当に?」

「本当だよ、手をどかして」

「やだ」

「はは、どかしてよ」

僕はね、もう夢中で、我慢できなかった。きみの胸に、何度も自分の唇をあてた。きみの身体の全てを見ながら、こんなに素晴らしいものが、と僕は思ったよ。こんなに素晴らしいものが、今、僕の目の前にあるなんてと。そして、その素晴らしい相手も、僕を求めてくれるなんてと。形とかそんなことじゃない。好きな相手の身体が一番素晴らしいんだ。僕はきみを愛していた。心の底から。自分のことなんて、どうだっていいほどに。

目の見えない人は、大人しいイメージが一般にあるみたいだ。でも、きみは逆だったね。きみはどこにでも出かけていった。ネパールにもジャマイカにも、シンガポールにも行ったことがあると言った。僕と一緒に行った京都では、目の前にある寺院の様子を、全部僕に説明させたよね。材質は何か。形はどうか。それを見ている観光客はどんな顔をしているのか。僕が感じた印象も含めて。それをきみは、きみが本で得た知識と照らし合わせながら、耳を澄ませ、息を吸って、瞼の裏に再現していくように思えた。きみはそういう時、少し微笑むんだ。恐らくね、恐らくだけど……、そんな時のきみが瞼の裏に思い描いた寺院は、実際の寺院よりももっと美しいものだったと思うよ。

きみはどこにでも出かけていった。きみが好きだったジャズのコンサート、作家のトークイベントや遊園地、散歩するための自然公園や雑誌で紹介された飲食店。公共機関でないところには、黄色いブロックの道なんてない。杖をついたきみのすぐ横を、乱暴な自動車が通り過ぎていく。僕はきみが心配で、きみが行くところには、どこにでもついていった。そんな僕を、きみは面白がるようだったね。きみを守り車道側を歩こうとする僕を、無理やり止めることもあった。「あなたの方が心配だよ」と笑いながら。

部屋でご飯を食べていた時、テレビで殺人事件の報道があった。きみはそのニュースに耳を傾けながら、突然つかんでいた箸を置いて、僕の身体に触れたことがあった。そして、「もしあなたが殺されたらどうしよう」と呟くように言ったんだ。

「温かい部屋に、今あなたといる」

きみはそう静かに続けた。

「でもこの毎日があんな事件みたいに壊されたとしたら、私は普通じゃいられない」

僕はぼんやりテレビに目を向けていた。強盗殺人で、若い男性が何度も刺されて殺されていた。奪われたのは一万二千円だった。犯人は捕まり、反省の弁を述べているという。

「もしあなたが殺されたら私は復讐を考える。……もちろんそれは正しいことじゃないし、私はどちらかといえば、死刑にも賛成してない。だけど……、大切な人が殺されてしまったら、復讐を初めに考えてしまうのは仕方ないことなんじゃないかな。もう、それは正しいこととか、正しくないこととか、そういう次元じゃない。大切な人を失えば、私の人生は壊れてしまうんだから、もうその時の私には、誰の声も聞こえないんだから」

きみは、まだ僕がここにいることに安心するみたいに、強く僕の腕に触れていた。あの時僕は何も言わなかったけれど、僕もね、きみと同じことを考えていたんだ。

きみが交通事故に遭った時、僕は仕事中だった。大きな出版社を辞め、小さな出版社に移ったばかりの目まぐるしい日々の最中だった。慌てて病院へかけつけた僕を、器具で足を吊ったきみはベッドの上で微笑んで迎えてくれた。あの時、僕はきみを失う可能性について考えた。きみが、この世界から消えてしまうことを。それは恐ろしいことだった。この世界の全てが、無価値になる。僕はきみの手を、あの細く温かな手を握りながら、今、この場にきみがいることをただひたすらに感謝した。掛け替えのない、やわらかなもの――。僕はそのきみの手を、いつまでも握り続けていた。

きみが退院してから、僕は自分が仕事をしている時は、きみに家にいて欲しいとお願いするようになった。でも、きみはそんな僕を笑いながら、相変わらずどこへでも出かけていった。仕事で疲れている時、僕は思わずそんなきみに大声を上げてしまったことがあった。きみは悲しそうな目で僕を見て、僕もすぐに謝った。だけど……、きみを心配する自分を、僕は止めることができなかった。

なるべく早く家に帰るようになった。帰宅してきみがいないと、僕は軽いパニックになった。きみに電話をかけ、大丈夫と言うきみの言葉も無視して、すぐ車で迎えにいった。きみは、一人でできるのだと僕に言い続けた。人生は一度しかない。私は自分の人生を限定したくない。何でも体験したい。干渉され過ぎるのは好きではないと。きみの言葉はどれも正しかった。でも、僕は自分を抑えることができなかった。「私の目が見えないから」。きみはとうとうそう言ってしまった。「私の目が見えないから心配なんでしょう。それなら、その辺りを歩いてる女の子でも好きになればいいじゃない」

だけどね、それは違うんだ。もちろん、きみの目が見えないから心配していたのは本当だ。でも、僕の方に、問題があったんだよ。

……きみと出会う六年前、僕には愛する人がいた。……名前は書かないけれど、僕達は愛し合っていた。彼女が少しお腹が痛いというだけで、僕は心配になり、病院へ行ってくれと彼女にお願いをした。彼女が近所の病院から帰り何ともないと言った時……、僕は、本当にそうかわからないから、もっと大きな病院で精密検査をしてくれないかと彼女にまたお願いをしたんだ。

彼女はそんな僕を不思議そうに見たけれど、あまりの僕の様子に、彼女は大きな病院へ行くことになった。また何でもなかったと帰ってきた彼女に、僕はひとまず安心したのだけど……、僕は、ずっとその彼女に対してそんな風に接していたんだ。

彼女が具合が悪いと言ったら、それが本当に風邪なのかをとても気にした。車に乗るなと頼んだこともあった。自分が具合が悪い時には、病院にすら行かない僕が。僕はそれからも、何度も何度も彼女を病院へ行かせた。僕は彼女を疲れさせてしまった。彼女が僕に別れを告げた理由は、僕のそういう部分だったんだ。

僕はそれから、誰かを愛することを避けた方がいいのではないかと思うようになった。大切な人間を、自分の周りにつくらないようにする生活。誰かを愛するということは、僕にとってそれほど大きなことだったんだ。自分の中に、静かな狂気じみたものを感じてしまう。相手のことを心の底から愛すると、僕は心配で苦しくなり、どうしようもなくなる。苦しくて仕方なくなる。どのような小さな不安も見逃すことができなくなる。でも……、僕はきみに出会ってしまったんだ。

きみの事故が足の骨折で済んだのは、とても運のよかったことだとあの時医者は言った。僕は、度々会社を休んで、家から出てくるきみを見ていた。きみがちゃんと事故に遭うことなく、帰って来られるのかを。きみを尾行した。きみの後ろを歩く僕を、きみの知り合いが見かけた時はさぞ不気味に感じただろう。その知り合いから事実を聞かされたきみは、僕にとても怒った。当然だよ。「私の目が見えないから、ばれないと思ったんでしょう」

……僕は辛かった。僕ときみとの間に、修復の難しいズレが生まれてすでに大分時間が経っていた。僕はきみが行く場所全てについていった。きみのすぐ横を通過した自動車を無理やり止め、泣いてやめさせようとするきみの前で言い争いをした。きみに階段をつかうことを禁じた。出かけることも。お湯を沸かすことさえも。

きみから目を離す。その時のきみの安全を、僕は保障できない。きみの生活、そこには、僕の知覚できないきみが毎秒毎秒存在し続けている。なぜ愛する人を目の前にして、僕達はその一部しか認識できないのだろう。……僕は、もうそんなことを思うようになっていたんだ。

きみが僕に一度離れて暮らすことを告げた時、視界がとても狭くなって、きみの顔がぼんやりとしか見えなくなった。きみは、自分のことで苦しむ僕の側にいることに疲れてしまった。あんなに活動的で明るかったきみは、しつこさをやめない僕のせいで、心も少し病んでしまった。きみはまだ僕のことは大切に思っているけど、一度離れないとお互いが駄目になると小さく言った。しゃくり上げるように、涙を流しながら。僕はきみの考えを受け入れることができなかった。だけど、きみの負担になることも、受け入れることはできなかった。その日から……、僕は毎日きみを遠くから見つめるようになった。

……駅から、まっすぐ黄色のブロックの道が続いていく。黄色のブロックは、大きな道路の歩道へ入っていくところで不意に消える。駅からの、きみの帰り道。僕は毎日、その黄色いブロックの上を帰宅するきみを待ち伏せていた。……その日一日、きみが無事だったのを確認するために。

だけど、……あの時、なぜきみは僕に気づいたんだ？　あの日、僕は駅前の広場でベンチに座って、黄色いブロックの上を杖を突きながら歩いてくるきみの姿を見た。僕は、今日もきみが無事だったことに安堵《あんど》して、しばらく、僕のすぐ側を歩いていくきみの姿を見つめていた。その時……、きみは不意に立ち止まって、僕に顔を向けたんだ。

匂いだったんだろうか。気配のようなものだったんだろうか。きみは、確かに僕の存在に気づいた。離れて暮らした後も、自分を監視するように見つめてくる僕を。いつまでも付きまとう僕を。離れようとしない僕を。あの時……、きみの表情に、微かな恐怖が浮かんだ。きみは顔を歪めて、僕を恐れるようにしていた……。翌日、きみはその黄色いブロックの上を歩いて来なかった。ブロックのない道に変えたんだ。それはより危険な道だった。僕を避けるために……。そこで……、僕はきみを見つめるのをやめた。

僕は、誰も愛してはならないように思えた。僕は、相手の負担になってしまうから。仕事に打ち込もうとした。きみのことを忘れるために。自分を変えようと思った。きみのことを心配する自分を無理やり抑えつけ、定期的に来る吐き気に耐えようとした。その吐き気は、主にきみがあの交通事故に遭った夕方の時刻にやってくるものだった。仕事を休み、無理やり一人で旅行に出ることになった。そんなことをしても自分が変われないことくらいわかっていたけど、僕にはそうすることしかできなかった。旅行から帰ってきても、当然僕は僕のままだ。だけど、きみのことを苦しめることだけは絶対に、絶対にやめなければならなかった。心療内科にも通ったよ。だけど、僕がそこで「まとも」になったとしても……、そのことで誰のことも心配しなくなり、その人を失ったとしたら、一体僕は誰を責めればいいのだろう？　恋愛になると、相手が大切であればあるほど、僕はちょうどいいという加減がわからなくなる。仕事を辞め、東京から離れた場所で暮らそうと思った。近くにいたらまた僕はきみを見に行ってしまうから。きみにもう恐怖を与えたくなかったから。でも僕の内面はいつまでも、きみと付き合っている時のままだった。僕がなんとか東京を離れ故郷の仙台に戻り、地元のフリーペーパーの編集の仕事につき二週間が過ぎた頃だ。……きみの死を知ったのは。

『写真家、木原坂雄大氏の自宅スタジオで火事。モデルの女性死亡』。何気なく読んでいた新聞の記事。そこに小さく書かれたきみの名前を見た瞬間……、鼓動が速くなって、どうしようもなく、速くなって、気がつくと、僕は同僚達に身体を支えられていた。……きみが死んだ……？　なぜ……？　写真のモデル……？　僕は同僚達が自分にふれている手の感触が、急に気持ち悪くなった。他人達の手だ、と思った。指が五本もついている他人達の手が、いくつも自分にふれていると思った。誰もさわるなと思って、みなの手を振り払い、立ち上がってトイレで吐いた。きみが死んだ……？　視界が狭くなり、トイレのタイル式の床の、ほんの一部分しか見ることができなくなった。そのまま僕は仕事を辞めてしまった。同僚達には悪いことをしたと思っているけど……、あの時の僕には、きみのことしか考えられなかったんだ。

そこから、自分でも不思議だったのだけど、僕は酷く酒を飲んだり、おかしくなって路上で誰かとトラブルを起こすようなこともせず、なぜかスーツを着て、新幹線に乗っていた。奇妙にも、自分の背筋が伸びているかどうかだけを気にして。まだ飲んでいないコーヒーをいくつもテーブルに並べているのに、なおも売り子の女性にコーヒーを頼む僕を不思議そうに見る人達の視線に曝されながら。東京に戻り、昔働いていた出版社の人間達に会った。「事故」の詳細を調べるために。

あの時、僕は関係者だと名乗り、警察に行って詳細を聞こうとはしなかった。自分の存在はなるべく隠しておこうと思っていた。もしかしたらあの時すでに、僕の中に何かが生まれていたのかもしれない。元同僚の週刊誌の記者達に会い、事件の詳細を聞いた。警察も、マスコミもそれを「事故」と認識していた。きみをモデルにして写真を撮っていた木原坂が、一旦休憩し、別室に行って飲み物の準備をしていた。その間、写真の演出としてつかっていたロウソクが倒れ、同じく演出として使っていた床の絨毯に燃え移り、塗料に燃え移り、目の不自由な彼女は逃げることができず煙を吸い込んだ。事故発生時木原坂は彼女を助けようと火傷を負い、泣き叫び、火傷の治療のため病院へ収容された。しかし、と僕は思った。本当にそうだろうか。本当に――。

僕は木原坂を見張るようになった。彼を尾行し、彼が自分の家にいる時は、外側からその家自体をいつまでも見つめ続けた。彼の焼けたスタジオは彼の自宅の敷地内にあり、燃えたまま放置されていた。新しいスタジオは小屋のように粗末なものだった。彼は、確かに憔悴《しょうすい》しきっているように見えた。本当に事故なのか？　彼ときみがどのような関係にまで発展していたのかわからないけど、もし恋人同士なら彼は僕と同じ、彼女を失ってしまった人間ということになる。悲しみの底に、いる人間ということになる。確かに彼の不注意に違いないけど、僕も一度、きみを交通事故に遭わせてしまっている。そして僕がまともにならろうとしたせいで、いい、い、い、いいできみから目を離し、きみを死なせてしまっている。彼に会おうか。僕は悩んだ。僕は、自分がどうすればいいかわからず、ただ習慣のように、木原坂の家を見つめ続ける日々を送った。彼の写真も、雑誌のバックナンバーを取り寄せ何枚も見た。彼の写真のほとんどは対象にかなり近づく接写で、細部にこだわる執拗さを感じたけれど、でも誰かを殺すほどの狂気は感じられなかった。

あの人形師の噂を耳にしたのは、そんな時だった。僕が人形と暮らす……。考えられなかったけど、話だけ、聞きに行こうと思った。声が聞こえるようになる人間もいる、というのが、僕にとって魅力だったのかもしれない。その時の僕の状態を考えれば、声が聞こえるというのは、何も不思議な現象とは思えなかった。きみの声を、僕はもう一度聞きたかった。それは狂うことを意味するとは思ったけれど、構わなかった。僕は狂うことで、この世界から逃げ出したかったのかもしれない。

思ったよりも、明るい人間が僕を迎えた。人形師の鈴木。僕がおずおずきみの写真を彼に見せた時……、彼の表情が変わった。僕を静かに見つめ、この女性とどういう関係にあるかを僕に聞いた。

「……昔、付き合っていた女性です」

僕が言うと、彼はなおも僕を見つめ続けた。そして無言のまま席を立ち、棚から何かの封筒を取り出した。

「残酷な写真です。……見るご覚悟がおありですか」

何のことかわからず機械的に頷いた僕の前に写真が出された。きみが燃えている写真。きみが炎に包まれていく写真。

視界が狭くなり、僕は込み上げる感覚が嘔吐であると気づくまで時間がかかった。人形師の鈴木がさらに言葉を続ける。

「実は、木原坂君と僕は親しい。彼は写真は撮っていないと言っていましたが、実は撮っていたのです。……誰にも見せることなく、手元に置くこともできず僕に預かってくれと言った。この世界で信頼できるのは芸術家のきみだけだ、絶対に誰にも見せるなと何度も念を押して。……この写真を見て、僕は思い悩むことになりました。僕は警察というものが好きではない。でも、これをこのまま公表せず保管しておくこともできない。……これは彼が彼女を殺害した証拠だから」

彼は一言一言を、選ぶように、ではっきり言葉にしていた。

「ずっと悩んでいましたが、……この写真を、あなたに委ねます。あなたの思う通りに」

だけど、僕はおかしいと思っていた。この写真はおかしい。僕は編集の仕事をしていたから、写真にも詳しかった。僕は彼から写真を預かり、知り合いのカメラマンのところへ持っていった。数日後、彼も僕と同じ意見を言った。これは合成であると。

きみの顔が燃えていく写真は合成写真だった。きみが少しずつ炎に捕えられていく写真も。ただ、合成ではない写真が二十一枚あった。そのうちの二枚は、痩せてしまったきみが足を縛られた状態で、台の上で眠っている写真。そこに炎はないし、その気配もない。

残りの十九枚は炎の写真。でもそのいずれも遠くから写している。

もし木原坂がきみを燃やして殺害し、芥川龍之介の『地獄変』みたいにその様子を撮ろうとしたのなら、この合成写真のように、その様子を余すことなく、執拗に撮っていくだろう。こんなに燃えてから、遠くで撮っても意味はない。僕は彼の写真をこれまでにほぼ全て見ている。この遠くからの写真、合成ではない本物のそれらの写真の全ては、まったく彼らしくない。

真実は、こうではないかと僕は思った。写真から判断するに、彼はきみを監禁していた。眠らせたり、足を縛ったりして、きみを動けなくしていた。そこで、記事にある通り、演出のためのロウソクなどが倒れ、火事になった。発見した彼は、きみを助けることをせず、慌ててシャッターを切った。この合成ではない写真を見る限り、まだ炎の中のきみは助けられる状態にある。きみは全身に火傷を負ったかもしれないけれど、この写真から判断するに、きみの身体を炎の中から引きずり出すことは絶対に不可能ではない。彼が、十九枚も写真さえ撮らなければ。最後と見られる写真では、もうきみは完全に炎の中に埋没している。

しかもそれらの写真はいずれも失敗しているのだった。見た人の内面を少しも活性化させない、平凡な写真に成り下がっている。接写の構図の合成写真は、本当はこういう写真が撮りたかったのだという、彼の未練による行為なのではないかと思った。

僕はこの推理を確かめようとした。木原坂に会えば、僕はすぐ彼を殺してしまうかもしれない。だから彼の姉に会った。上野で独り暮らしをしている、祖父の遺産で暮らしていた女。

彼女は僕の話を聞き終わると、深々と頭を下げた。そして、あなたの言うことは恐らくその通りだろうと言った。弟は真っ当な人間ではないけれど、人を殺す度胸はないと。彼が直接殺したわけではないが、吉本さんの死には道義的に大き過ぎる責任があると。彼が殺したようなものだと。……そしてね、その写真をどうするかは、もちろん僕に任せると言うんだ。……泣きながらね。

木原坂の姉の朱里は、人生に疲れているように見えた。度重なる不幸の中にいる女性。あのような弟を持ち、かつその弟を愛している女性。……聞けば、彼女も自分にとって大切な人間を二人亡くしているのだという。愛し合った男性を。

僕は迷うことになった。この写真を警察に持っていけば、木原坂雄大は何らかの罪に問われるだろう。でも死刑にならない。殺意がなく、相手が一人だからだ。刑務所に入ったとしても、どうせ数年で出てくる。しかも社会的には、罪を償った形で。

朱里は僕に、また会ってくれと言った。こんなことを言える立場ではないが、あなたといると少しだけ気分が楽になるような気がすると。僕は、それから度々彼女と会うことになった。これから自分がどうすればいいか悩みながら。僕はきみとのことを、彼女に話した。彼女も自分の大切な人間をどう亡くしてしまったのかを僕に話した。交通事故だったという。彼女はそう話しながら、静かに泣いた。

朱里に会って、どれくらい日にちが経った頃だろう。彼女と喫茶店で別れてすぐ、後ろから呼び止められた。悲しげな顔をした男がいた。僕と同い年くらいの……、三十五、六歳くらいの、高価なスーツを着た男。

「……お話を」

彼は突然そう言うのだった。

「……僕に？　なぜです」

「木原坂朱里のことで……、失礼ですけど、私はあなたのことも存じています」

資料　11―2

僕は仕方なく、さっきまで朱里といた喫茶店に、その男とまた入ることになった。彼は注文したコーヒーが来てウエイトレスが去っていくとすぐ、自分のしている派手な腕時計をずらした。そこには大きな傷があった。自殺の跡。

「……彼女には近づかない方がいい。私のようになります」

「……どういう意味ですか？」

「失礼ですが……、あなたは吉本さんの死の復讐を考えていた。でも、今それをどうしたらいいか悩んでいる。……違いますか？」

「どうしてそれを……？」

彼は弁護士だった。昔、木原坂朱里に、自分の人生を破壊されたのだと言う。気味の悪い男だと思った。逆恨みにもほどがある。恋愛において、フェアというものは存在しない。朱里は、自分には敵が多いと言った。誤解を受けやすいのだとも。確かに、彼女の笑い声には時々、思わず上げてしまったような、気味の悪い響きを感じることはあった。でもその弁護士が言うような酷い女性ではない。……彼は彼女のストーカーかもしれない。僕は彼を刺激しないように、何とかその場を後にした。僕が彼女の恋人だと思われたら、彼は僕に何をするかわからない。

それから何度も朱里と喫茶店で会った。弁護士の男を遠くに見た時、場所を変えた。彼女の部屋に行った時……、僕は彼女を抱いた。打ちのめされたように泣く彼女を慰めているうちに、僕は、自分も誰かに慰められたくなったんだ。……きみのいない世界はあまりにも残酷で無機質で生きていくには耐えられない空間だった。好きでもない女性を抱くことに罪悪感はあったけど……、僕達は傷を舐《な》め合うようにお互いを求めた。少なくとも、僕はそう思っていた。

だけどね、……僕は驚くことになった。この世界には、僕の予想もできない人間がいるということを僕はまだ知らなかったのかもしれない。僕が彼女の中で果て、身体を離し、余韻の中で彼女の髪を撫でていた時……、彼女が突然顔を伏せ、小刻みに震え始めたんだ。どうしたんだと思って彼女の顔を覗き込むように見た時、僕は驚くことになった。彼女は笑っていたんだ。引きつけを起こしたみたいに。苦しそうに顔を赤くしながら。

「ああ、もう無理……。苦しい。……ていうか、抱くまで随分時間かかるのね」

セックスを終えたあの時の彼女は、顔の表情まで少しずつ変わっていくように見えた。僕への態度も、言葉遣いも全部。

「……こんなに気を遣いながら女を抱く男は初めて。……ああ、でも仕方ないよね。私があんな風にしてたら」

彼女はそう言い、なおも声を立てず嬉しそうに笑うのだった。

人は誰でも嘘をつく。しかしごく稀に、その嘘を楽しみ、嘘の中に耽溺し、悪意をもって他人に接する人間がいる。日々の圧倒的な退屈さの中で。

「ああ、おかしい……。あなたは本当に真面目で甘ちゃんだ。私そういう男見てると虫唾《むしず》が走る」

僕は茫然と彼女を見ていた。

「……いいことを教えてあげる。あの女……、吉本亜希子を誘拐したのは私なの」

「……は？」

「あんなに警戒心の強い女が、男の誘いに乗ると思って？　私が車でさらったのよ。弟に頼まれて」

彼女は笑い続ける。

「……ギリシャ神話を知ってる？　オイディプスが自分の父親とは知らず自分の父を殺し

てしまったように、テュエステースが、自分の子供と知らず騙されてその肉を食べてしまったように……、あなたは今、自分の恋人を陥れた女と寝たのよ。ご丁寧に終わったあと髪まで撫でながら！」

　鼓動が速くなっていった。さっきまで、僕は彼女を慰めるように、優しく彼女を抱いていたのだった。

「……なら、亜希子は殺されたのか」

「ん？　ああ、それはあなたの推理通り。弟は人は殺せない。でも事故があって、ラッキーだと思って写真を撮ったんですって。でも失敗したらしいわ。モデルが悪かったって言ってた。当然ね、あんな女」

　僕は視界が狭くなっていった。きみの死を知った時と同じように。でも彼女はそんな僕に、また身体を近づけるのだった。

「あのね、いいことを教えてあげる……。あなたは、吉本亜希子のことを心配し過ぎたんでしょう？　でもそれはね、病気なのよ。あなたの中にある病理。いい？　よく聞いて、**あなたは心配するために彼女を好きになったの**。心配する苦しみをあなたの身体が求めていたの」

　その時、僕の中の柔らかな何かが裂けて落ちた。

「でもね、それももう終わりなの。あなたは自分の大切な人間を陥れた女を慰めて抱いた。あなたはあなたではなくなった。だから私を激しく憎みながら抱いて。どちらかが死ぬまで。私はそういう男が好き。抱いて。乱暴に。私を滅茶苦茶にして。私が憎いでしょう？　ほら、私が憎いでしょう？　滅茶苦茶に抱くのよ」

そう言った時の彼女の目は、奇妙に暗く輝いていた。口を開けたまま笑みを浮かべ、挑むように僕の目を見続けていた。何かが頭上から彼女を照らしているかのように、僕の面前の彼女は浮き上がるように存在感に溢れていた。彼女が僕に唇を重ねてくる。僕はそれから、彼女を激しく抱くことになった。身体が落ちていくように震えて、初めは身体が反射的に動いたような感じだった。でもね、僕の頭の中はとても冷静だったんだよ。ずっと僕の内部にあった計画が意識の中で形になったのはあの時だった。僕はね、あの瞬間、化物になってしまったんだよ。あの時、僕の身体が、自分から遠く遊離していくように思えた。僕が、僕から静かにずれて消えていく。その漠然とした恐怖を感じた瞬間、身体が拒否するように震えて、でも自分が今震えたと思った時はもう、意識がどこかへ落ちていくように冷えていた。僕に似た僕をあとに残していくことへの恐怖は一瞬のことだった。意識のバランスを保つブレーキのようなものを、もう感じることができなかった。僕は僕を変えてしまったことになるのかもしれない。あの化物の姉弟に対抗するために、あの姉弟を凌駕《りょうが》するために。意識はどんどん冷静になっていくのに、口元にはいつまでも笑みが残って消えなかった。ブレーキがなくなれば人の意識はどのようなものにでもなるのかもしれない。これまでになかった回路が、僕の中で奇妙な温度を持ちながら生まれたかのように。僕はあの夜、何度も彼女の身体を抱くことになった。ひたすらに激しく、何の躊躇もなく、でも奇妙にも意識だけはずっと冷えたままで。

翌日、あの弁護士の男に会いに行った。彼は朱里への復讐のためだけに生きていた。朱里を憎みながら愛し、彼女を殺すことだけを考えていた。僕は朱里と定期的にセックスをしながら、彼と連絡を取り続けた。少し象徴的だなと思ったのはね、彼は初め朱里と会う僕を遠巻きに観察していたのだけど、次第に、まるで円を描くように、僕を観察する距離を縮めていったんだそうだ。ゲーテの『ファウスト』で、悪魔のメフィストーフェレスがファウストにそう近づいていったように。……彼にはストーカー特有の狂気があった。僕達は二人で計画を練った。ちなみに、朱里は愛している人を亡くした経験などなかった。彼女に捨てられて自殺した男が二人いるだけだった。

……弁護士の男が、ある女性を見つけてきた。風俗店で働く、借金に溺れていた女性。栗原百合子。過去に、都内でも有名な高校を出ていたというから、人の人生なんてわからないものだよ。借金など債務整理をすれば大丈夫だけど、彼女が金を借りた先は彼女と個人的に繋がりのあった暴力団だったから、彼女は払うまで逃げることができなかった。この日本で無数にいる、借金に埋もれている不幸な女性の中で、弁護士が苦労して彼女を選んだ理由はいくつかあった。身寄りがないこと、木原坂朱里と身長や体型が近いこと、そして少しでいいからどことなく雰囲気が似ていること。……僕達の計画はこうだ。

亜希子の写真を警察に届けても、木原坂雄大は死刑にならない。でも、同じようなことが再び起こり、そちらが明確な殺人であったなら、最初の「事故」も遡って殺人と判断される公算は高い。しかも、合成ではない、彼が実際に遠くから撮ったきみの写真もそこに添えれば、最初の事故も意図的であると認定されるはず。栗原百合子は借金から逃げるために新しい身分を手に入れたがっていた。僕は木原坂雄大と朱里に復讐をしたかった。弁護士は朱里に復讐したかった。だから……。

木原坂雄大の目の前で、栗原百合子だと思わせて、姉の朱里を焼いてしまえばいい。そうすれば木原坂雄大は、きみにしたことと全く同じことを姉にすることになる。彼はきみの時に写真を失敗している。栗原百合子を彼に近づかせ、共に住まわせ、目の前でまた栗原百合子が燃えれば、彼は同じように写真を撮り続けるだろう。目の前の存在が姉とは知らずに、姉が灰になるまで。そして彼は、二人を残酷に焼き殺したと認定され、事件は大きく騒がれ、彼は死刑になる。彼が犯人である証拠もこちらでつくる。火事の事故が、都合よく二件も続けて起こるなんて思われるはずがない。僕は思ったよ。なんて彼は陥れやすい状況にいるのだろうと。つまり、彼は誰一人直接殺してないのに死刑になるってことだ。

だけど、この計画には当然異論が出た。

僕と弁護士は、ただ彼らを殺すことは考えていなかった。残酷な仕打ちを彼らにするつもりだった。だからこの計画を練ったのだけど、栗原百合子が特に反対をした。

一つは、もし木原坂雄大が、燃えている百合子（本当は朱里）を目の前にし、すぐに助けてしまったらどうするのか。

もう一つは、これほど科学捜査が進んだ現代で、入れ替わり殺人などできるのかということだった。

もし彼が目の前の百合子（本当は朱里）を助けてしまったら、計画は台無しになる。彼は火傷を負った姉の朱里を見つけることになり、朱里の証言で全てが明るみになる。僕と百合子と弁護士は殺人未遂として起訴される。僕は絶対に木原坂雄大は助けず写真を撮り続けると思ったし、彼についても詳しくなっていた弁護士も僕と同じ意見だったが、木原坂のことをよく知らない百合子は反対をし続けた。そこで、もし木原坂雄大が姉を助けてしまったら、……弁護士が彼をピストルで撃つことに決まった。その後、弁護士は姉を改めて焼く。計画の流れは失敗となるけど、いずれにしろ二人は結局死ぬことにはなる。……結果的に木原坂は写真を撮り続けたのだから、ピストルで撃ち殺す必要はなかった。皮肉なことに、彼は姉が燃える写真を撮り続けたからこそ、死刑の時まで長生きすることができたことになる。……もしピストルで殺していたら、その現場は不可解極まりないものになっただろうね。焼死体、それを撮っていたと思われるカメラマン、でもそのカメラマンは撃ち殺されている……。捜査は僕達の存在を嗅ぎつけたかもしれない、逃げれたかもしれない。……でもね、少なくとも僕と弁護士は、この計画の後のことはどうでも良かったんだ。

二つ目は、入れ替わり殺人の実現性だった。でもこれはね、比較的簡単だったんだ。僕と栗原百合子が結婚すればいい。

僕と彼女は、形だけ結婚することになった。だから彼女は栗原百合子から小林百合子になった。木原坂雄大が写真を撮り続ければ、結果的に建物自体も酷く燃えるだろう。現場には、カメラを手にした木原坂と、油と助燃剤がじっくり撒《ま》かれた完全な焼死体が残ることになる。小林百合子の服を着た女の死体。服は完全に燃えるだろうけど、ボタンの欠片《かけら》くらいは残るかもしれない。木原坂雄大は、当然その焼死体を小林百合子だと思っている。警察にもそう言うだろう。でも直接焼死体を見ただけでは、それが本当に小林百合子かわからない。

そこで、その焼死体が小林百合子かどうかを形式的に確認するための、小林の家族が呼ばれることになる。夫の僕だよ。彼女には両親も親戚も兄弟もいないからね。僕は泣き叫びながら、彼女の焼死体の前に屈《かが》む。この指輪は彼女がしていたものだ、この服のボタンも……、と泣きながら言う。でも確証を得たい警察は、何か彼女の髪の毛などがついたものを持っていないかと僕に聞くかもしれない。もし可能なら、DNA鑑定をするために。そうしたら僕は素直に彼らに渡せばいい。櫛《くし》についた木原坂朱里の髪の毛を。これが百合子の髪の毛だと言って。……当然DNAは一致する。

あと一つ、念を押す必要があった。歯の治療記録による照合について。泣き崩れる夫が死体を確認しただけで恐らく大丈夫だとは思ったし、念を押されても髪の毛があるとは思ったけど、念には念を入れる必要があった。

死体の身元確認をする手段として、歯の治療記録を参照することがある。だがそれは、同じ位置の歯を治療してるから恐らく間違いないという確率論であることも多く、実は裁判でも決定的な証拠として扱われないこともある。しかも日本では、歯の治療記録は全国的にデータベース化されていない。歯科医ごとに、まだカルテの書き方まで違っていた。だから警察は、被害者が通っていた歯科クリニックに治療記録を見に行くだけだった。

だからね、僕はわざわざ朱里に、歯が奇麗になればきみはもっと美人になると言ったんだよ。そして朱里に弁護士の知り合いの小さな歯科クリニックで歯の簡単なホワイトニングをさせ、その時、虫歯などないのに虫歯があるとさせ、歯を治療させた。そこには、朱里の歯の治療記録が残る。そのカルテの名前を、小林百合子と書き換えてしまえばいい。その歯の治療記録は、小林百合子のものとして記録されることになる。警察が歯科クリニックに行く。そこで小林百合子と書かれたカルテを見る。その歯の治療記録は当然焼死体のものと一致する。そこまでする必要はないとは思ったし、実際にその必要はなかった。でも僕と弁護士は、ある種の狂気の中にいたんだよ。狂気は時に、細部へのこだわりと執拗さを生む。僕はきみのことを心配し続けたあの頃のような執拗さで、この計画の外枠を固め続けていた。

その歯科医は問題の多い男だった。朱里のことで自殺未遂をした弁護士は、一時期そのような問題のある人間達からの依頼を多く引き受けていた。彼はその歯科医の財政トラブルをかなり違法な仕方で解決していた。歯科医は弁護士に大きな借りと弱みを持たれていた。でもカルテの名前を書き換えるだけで済んだのだから、その借りに比べればそれほどの労力ではなかったはずだった。

弁護士がその条件の一つとして選んだから、小林百合子はどことなく雰囲気が朱里に似ていた。だから、木原坂雄大が彼女を気に入ることは間違いないと思った。あなたのファンです。小林はそう彼に近づいた。フリーでモデルの仕事をしている。今後の仕事のために、あなたに写真を撮ってもらいたい。いや、今後の仕事のためというのは言い訳かもしれない。ただ、あなたとお話をしてみたかった。あの『蝶』という写真と、雑誌でお顔を拝見してから……。

小林は、自分がいかに異性に好かれる女であるかを何気なく彼に話した。そう話していると、彼は次第に欲情の目で彼女を見るようになった。確かに小林百合子は美しい。飢えた男を誘惑するのは簡単だった。朱里もそうだったけど、彼女も恐ろしい女だった。借金に拘束される日々を送っていなかったら、彼女も相当な数の男性を駄目にしただろう。

彼女には一月に入ってすぐ、日記を書かせた。平凡な主婦であることを示す日記。平凡な主婦であるけれど、モデルの夢を諦めきれないこと。人の紹介で、木原坂雄大を紹介されたが、気味が悪くて嫌だったこと。付きまとわれるかもしれないことなどを書かせた。そして木原坂雄大の家に泊まり込むようになる最初の日に、その日記を一旦途絶えさせた。同じように、ツイッターもやらせた。ツイッターでは、主婦であることを隠し、モデルの仕事をしている女ということにしていた。自分の望んでいた生活を、バーチャルの世界で体験している女であるかのように。その日記とツイッターだけを見れば、彼女がいかに平凡で、愛すべき女性であるかわかるというように。そしてツイッターも、彼女が木原坂雄大の家に泊まり込むようになってから、不意に更新されなくなるようにした。そして、わざわざ千葉県まで一度彼女に移動させ、その場で携帯電話の電源を切らせた。

これらも全て、僕と弁護士の狂気から来ている。僕達は病的に、細部に執拗にこだわった。

彼女は勤務する風俗店では当然偽名を使っていた。店自体に借金をしているわけではなかったから、店には休職する旨を伝えることができた。彼女の借金の月々の支払いは、僕と弁護士が負担した。彼女は、僕が勧める本をよく読んだ。計画以外の話もよくしたよ。お互いのことは、ある程度知っておいた方がいいからね。

僕は彼女が木原坂の家に泊まり込むようになって四日が過ぎた頃、警察に相談に行った。以前も、一週間ほど何の連絡もせず妻は留守にしたことがあった。多少情緒に不安定なところがある。僕が警察に行ったと知ったら彼女は僕を怒るだろう。だから捜索願を出すかどうか迷っている。だけど、心配で仕方ない……。

警察は、彼女に男の気配があるかと僕に聞いた。僕はうろたえて見せた。そうかもしれないが、信じたくないし、信じられるわけがない……。警察はほとんど気のないように、捜索願を出すなら出してくれと言い、僕は一旦迷う素振りをしてその場は帰り、その二日後、彼女の写真を持って捜索願を出した。事件性のない、しかも浮気騒ぎである可能性の高い失踪を、日本の警察が真摯《しんし》に対応しないとは知っていた。彼らは事件が発生してから本気で動く。事前にストーカーの相談をしていた女性がこれまでに何人も殺害されているが、警察のこういう対応は未《いま》だに直っていない。

しかし、彼らが真剣に取り組んだとしても、彼らが木原坂雄大と僕の「妻」を結びつけることはできなかっただろう。後に証拠となるはずの日記は彼女が持っていってるわけだし、夫である僕は、彼女がツイッターを始めた事実を知らないことになっている。携帯電話の記録を調べても、彼女が東京ではないところで電源を切ったのがわかるだけだ。その管轄は警視庁でなく千葉県警になる。

小林百合子は、危険な橋を渡っていた。でも彼女は僕達の提案に乗るしか道はなかった。彼女は借金に浸り続ける風俗での生活から逃げ、ある程度の裕福さを得られる機会を目の前にしていた。木原坂朱里には運転免許証もパスポートもなかった。彼女の身分を証明するものは保険証と年金手帳、あとは役所に保管されている住民票の類《たぐい》だけだった。そのどれにも、顔写真はついてない。小林は、朱里の保険証と年金手帳さえあれば、朱里の本籍の役所から戸籍謄本を取り寄せ自分のものとして、住民票の写しを取り、申請して自分の顔写真入りのパスポートだってつくることができる。なぜ日本の保険証には顔写真がないのだろう？　なぜ顔写真のつく住民カードの携帯を国民に義務づけないのだろう？　運転免許証を身分証明書の代表的なものにするための、自動車業界の策略だろうか？　わからないが、日本にはこのように大きな穴がいくつもある。でも、もし写真つきだったとしても同じだった。それなりの筋に頼めばいくらでも偽造することはできる。借金は彼女が死んだことになり消滅し、彼女は木原坂朱里として生きていくことができる。相手が暴力団の個人的な借金であり、いくら夫になったとはいえ僕は連帯保証人ではないから、さらに元々違法な契約であるから、支払う義務など発生しないしそもそも僕のことなどどうでもいい。朱里はあの性格のために友人もいない。遺産で暮らしているから仕事もしていない。東京で孤独に時々男を引き入れ独りで暮らしている女だった。彼女が消えても、と僕はよく思った。弟の雄大さえいなければ、誰も気づかないだろうと。彼女のキャッシュカードの暗証番号が０７８９であり、クレジットカードの暗証番号が２２８９であることを僕は知っていた。小林百合子はいつでも彼女に成り代わり生活することができる。事件後はマスコミを避ける理由で姿を隠し、あの弁護士を「弟」につけ、矢面に彼を立たせておけばいい。後は頃合を見てパスポートをつくり、彼女が以前から憧れていた南米へ消えればいい。

しかしこのままでは、小林百合子が残す日記と、木原坂雄大の証言が大きく食い違うことになる。そうであるから、彼女に「殺してくれ」と言わせることにした。

「私は時々とても死にたくなる。もし私が死ぬ時はあなたに教える。その時は、私が死ぬところを写真に撮って」「嘘、前に言ったのは冗談。まだ死にたくないよ」「……なんだか、全部投げ出したくなる」「あなたに監禁されてるみたいに感じる。……嘘嘘、私何言ってるんだろうね」「……薬が足りない。薬が足りない」「私に死んで欲しい？　でも待って。その時はちゃんと遺書を書いて、あなたに迷惑がかからないようにするから」「あなたが憎い。……嘘、大好きだよ」

今振り返れば、彼女は自ら「死」を口にしたことで、守られていたように思う。木原坂雄大の脳裏には、彼女の殺害が――そして失敗した写真のやり直しが――明確にあったはずだから。でも、彼女が遺書を書くというのなら、その時まで待てばいい。木原坂の目からすると、彼女は情緒不安定な女に見えただろう。彼女は彼の前でよく薬を飲んだ。ビタミン剤だったのだが。

彼女は足を縛られ監禁されていることになっていたから、窓から外へ向けて投げられたメモも用意しておいた。髪の毛も挟んで。朱里の髪の毛を。この髪の毛と死体のＤＮＡを合わせても、当然一致することになる。

木原坂朱里は、僕をよく罵倒し、蔑《さげす》んだ言葉を吐きながら、根底では、僕を好きになっていた。もちろんその好きという感情は、彼女なりの特殊なものに過ぎなかった。何度もセックスを僕に求めた。僕がそんな彼女に吐き気を覚えていたときみは思うだろうか？　でもね、違うんだ。正直に言うと、僕は楽しんでいた。

もうすぐ死ぬとわかっている女性を抱くことを。憐みを感じながらも、同時に楽しむように。むしろその憐みの感情もセックスのスパイスにするかのように。もうすぐ自分が殺す相手に性的な喜びを与え続ける時、僕は一人の人間を好きなように支配しているように思ったものだった。……僕は、もう以前の僕ではなくなっていたから。この姉弟を超えるほどの、化物にならなければいけなかったから。僕は、自分に自分を馴染ませ続けていた。

僕はきみから別れを告げられても、まだきみと別れた気がしなかった。きみが死んだ時も、奇妙に聞こえるかもしれないけど、きみと別れてはいなかった。きみの人形と暮らそうとしていたくらいだから……。僕が本当にきみと別れてしまったのは、去年の冬だ。木原坂朱里を初めて抱いたあの夜。人間をやめ、化物になろうと決意した夜。……きみの彼氏が、化物であってはならない。そうだろう？　去年の冬、きみと別れ、僕は化物になることに決めた。僕は僕であることをやめてしまった。彼らに復讐するために、僕はそこで、壊れてしまったんだよ。

……木原坂朱里を眠らせた夜のことを言おう。僕は彼女の頭をタオルで巻いて、見えなくさせた。彼女はその趣向を喜んだ。そしてセックスの途中で僕は入れ替わった。あの弁護士と。弁護士は服を脱ぎ、何も知らない朱里に近づいていった。

多分、彼女は僕が誰かと入れ替わったと気づき、それを楽しんだだろう。彼女はそういう女性だったから。でも、まさか相手が、自分が虫のように虐げた男だとは思ってもみなかったはずだ。

僕は隣の部屋で煙草を吸っていた。自分が何も感じないのを不思議に思いながら。部屋に戻ると、もうスーツを着た弁護士が僕を待っていた。彼女は眠らされ、手足を縛られていた。彼女はそれから数日の間、僕達に監禁されることになる。撮ったビデオを木原坂雄大に送るかどうか僕は迷った。送れば、彼は不審に思いながらもその映像に性的な興奮を覚えただろう。姉が自ら虐げた弁護士の男に抱かれている映像とも知らずに。

犯行の日。不思議と僕は緊張していなかった。木原坂雄大の行動パターンは度重なる監視で把握できていた。小林百合子は監禁されているわけじゃなかったから、僕達は彼の留守の間に彼のスタジオに入り、計画の進行状況を確認し合った。僕達は、合鍵までもう持っていた。小林百合子が、最近の木原坂雄大が自分に飽き、明確に殺意を抱いているように感じると話した翌日、僕達はあの犯行をやった。彼のいない時に、彼の帰宅と同時に姉を燃やし窓から出る。簡単だった。その様子は弁護士に撮影させた。前に話したように、不測の事態に備え彼はピストルを所持していた。

　その時のことは、不思議とあまり覚えていない。化物になった僕の中にまだ残っていた人間らしい部分が、僕を守るために記憶を薄れさせたのかもしれない。……といえば、ある程度の体裁は保てるかもしれない。でもね、嘘なんだ。はっきり覚えている。僕がふざけてカメラ越しに小林百合子を覗いた時、彼女が早く姉を用意してと怒鳴ったこと。数日の間、目が覚める度に眠らせていた朱里が、さらに直前に麻酔まで打たれていた朱里が、巨大なトランクの中でほとんど死んだようにしていたこと。彼女に火を投げた瞬間、少しのためらいもなかったこと。何か邪魔な段ボールの破片に仕方なく火をつけたように自分の手が動いたこと。マッチをすり、腕を下から上へ、ゆっくり動かし、ぱっと指を離す。火が彼女の上に落ちていこうとするのを見ながら、こうするために、と思っていた。こうするために、このように火を投げる自分の腕の動きをスムーズにするために、僕は自分を変えたのだと。2回でも、3回でもできるように感じていた。何度も実験した時の様子も、少し思い出した。まず油にまみれた表面の布が燃える。その布は、耐火性のあるものだった。でも当然限界はあり、生地が燃え朱里や彼女が寝ているソファのクッション部分にまで到達した時、それらはもっと油にまみれているから、その瞬間、全体が激しく燃える。着火剤、助燃剤も仕込んである。火はソファごと不自然なほど激しく燃えることになる。

後から映像を見た時、でも少し危なかったと思った。彼が部屋に入ってきた時は、まだ火は思ったより育っていなかったから。いくら練習を繰り返していたとはいえ、やはり完全なタイミングは難しい。動揺した彼から見れば、火の中から腕が出ていて、ソファの背もたれとか全体は火に包まれているわけだから、もう人間が燃えているように見えただろう。でもまだ布を乗せられた朱里自体には、実はそれほど火はまわっていなかった。あの時点なら、炎から突き出ている彼女の腕を火傷しながらでも引っ張れば、彼は容易に自分の姉を助けられただろう。彼女も全身の火傷くらいで済んだかもしれない。だけど、やはり彼は写真を撮った。きみが死んでしまった時の光景を、そのまま見るような気分だったよ。もちろん、その映像はそのままそれが復讐の場面に変わったものなのだけど。……でも彼は写真を撮り続けたことで、少しだけ命拾いしたことになる。ちゃんと弁護士がピストルを持ってすぐ外から見ていたからね。

やり終えた後、小林百合子には簡単な整形をさせた。以前から彼女が気にしていた顔の部位を、ちょうどいいという感じで治させた。何も木原坂朱里に似せるためにそうしたんじゃない。そんなことは不可能だし、朱里に何度も確認したけれど、彼女は弟の所有する自分の写真は全て処分させていたし、成人になってからは、弟に自分の写真は撮らせていない。自分の本性が写り込むようで嫌だったのだそうだ。彼女はそれから写真というものを避けるようになっていたから、彼女自身が所有する数枚の写真を処分すれば、恐らく彼女の姿を確認できるある程度入手可能な写真は、学校での卒業アルバムしかない。それはもう随分昔のものだ。

問題だったのは、警察が木原坂雄大の姉と接触しようとした時。弟さんのことで、話を……という風に。そこに、木原坂雄大が撮っていた、死んだはずの小林百合子がいてはならない。髪を切らせ黒く染め、目だけ大きくいじりホクロを取る簡単な整形をさせた。そして眼鏡をかけさせノーメイクで一度だけ警察に会わせた。彼女は元々、化粧の厚い女だった。もっと大掛かりな整形をしても当然よかったし、簡単にそうすることもできたけれど、僕も弁護士もその彼女を見た時これだけで充分だと思った。会ったあの若い刑事も、どことなくこの「姉」は写真の小林百合子と雰囲気が似てるとは思ったかもしれない。そしてそれが、小林があの写真家に狙われた理由だとも。警察が昔の卒業アルバムを持ち出し「姉」の顔を確認することなどあるはずがなかった。「姉」は被害者でも加害者でもなく、単に加害者の姉に過ぎなかったのだから。

木原坂雄大は逮捕された後、あれは勝手に燃えたのだと言った。彼女には自殺願望があり、俺の合意を待たず勝手にやったのだと。でも、以前に似たような「事故」を起こしている男の言葉に信憑《しんぴょう》性はない。小林百合子が残した日記などを見せられた時、そういえば彼女は俺を恐れてもいた。情緒不安定で、監禁だと騒いだこともあったと供述する始末だ。誰も信用しない。彼が躁鬱病を抱えていたことも災いした。さらに、「姉」からの依頼ということで、彼にはあの弁護士がついていた。味方であるはずの存在が、実は全て彼を陥れた仲間であるということ。裁判は全て不利に働いた。

彼が「小林百合子」を燃やした後、証拠の隠滅を図っていたのもよくなかった。本当は、撮影後また失敗したと愕然《がくぜん》となり、でも撮ったものを捨てきれず、以前のようにフィルムをあの人形師の元へ送っていただけなんだけど、彼がすぐ消防や警察に連絡しなかったことは致命的だった。その中には、また合成写真もあった。今度のそれは事件の前のものだ。小林百合子を燃やす時、今度はこのように撮ろうというシミュレーション用の紙の合成写真。彼はそういうことをよくやるんだ。

「姉」は彼には面会に行かず、精神科に入院することになった。彼女を見て「姉」じゃないとわかるのは、もう弟と彼女が捨てた男達くらいのものだったが、念のため、人に会わせない方がよかった。整形したとはいえ、小林を知る人間にも見られない方がよかった。手紙は朱里の文面を真似て書いた。当然、その通りの字体に書くことはできない。専門家が見れば見破っただろう。だけど、誰が自分の姉弟の正確な筆跡を、細部の細部まで貪欲に記憶しているだろう？　このメールの時代に？　相当苦心して真似れば、気づかれることはない。

後から聞いたことだけど、彼はどうやら死にたがっていたようだね。自殺未遂もしていたらしい。きみとの事件の時、たとえそれが事故だったとしても、助けられたのだから、彼の中には「殺した」感覚があっただろう。彼の姉に真相を話した時も、後から自分が殺したに等しいと言っていたそうだ。そしてまた彼は繰り返してしまった。同じことを。勇気がなくて死にきれない自分を殺してくれる。彼は死刑をそんな風に考えているのかもしれない。

でもね、恐らく彼の死の願望の本当の理由は、自身のスランプだったと思う。あの当時、もう彼はろくな写真を撮れていなかった。『蝶』が最後だ。写真に狂っていた彼は、それが人生の全てだった。しかも、人の死を撮った写真まで彼は失敗した。あれほどまでに残酷で迫力に満ちた「素材」を前にしてさえも、彼は平凡な写真しか撮ることができなかった。

彼が憧れていた『地獄変』の絵師に、彼はなることができなかった。

彼はとうとう、最後まで「本物」になることができなかった。

つまりこの「事件」は、彼ら姉弟が僕達にした行為を、彼らの上で再現したものになる。自分の最愛の存在の死に協力した人間とは知らず、僕は姉を抱いてしまった。姉は目隠しをされ、自分が虐げた男に抱かれて喘《あえ》ぐことになった。弟は、亜希子にしたことと全く同じことを、最愛の姉に対してすることになった。さらに弟はそのことで自身の才能の枯渇を面前に見せつけられ、誰一人直接殺さずに死刑になる。世間からの憎悪の中で。

全てが終わったら、善悪についての何かしらの動揺があると思ったんだけど、不思議だよ……。何も感じないなんて。

おかしいよね、僕は化物になったはずなのに……、僕は今でも、きみが好きだ。

11

巨大な壁掛け時計が、死んだように静止している。

「……この仕事から、……降りたいと思います」

言った瞬間、微かに疼く後悔と、静かな解放を感じた。目の前の編集者が、僕をやや放心したように眺めている。

「なぜ……？」

「……僕には無理です。申し訳ございません」

「具体的に説明して欲しい。何があった」

編集者の部屋。僕はテーブルの上の、ウイスキーのグラスを見つめる。編集者も同じものを見つめている。彼が煙草に火をつける。僕は黙り続ける。

「……手に負えない、ということ？」

動かない壁掛け時計を見る。この部屋に不釣合いなほど、それは大きく見える。彼が口を開く。

「……カポーティの『冷血』を読んだことは？」

「……あります」

「彼はあのノンフィクションを書いた後、まともな作品を書けなくなった。心が壊れてしまったから。……でもね、……彼は書き上げたんだよ。あの本を」

彼女からも、似たことを言われていた。鼓動が速くなる。彼の声がやや大きくなる。

「確かに、僕の仕事のやり方は冷酷かもしれない。病的と言われることもある。僕は書き手の能力の、その限界以上をいつも求めるから。……そのことによって書き手の心が壊れることもある。でもね、いい本をつくりたい。それだけなんだよ。冷たい言い方になるけど、僕が気にしているのは書き手のことじゃない。その作品だけだ」

「それはわかっています」

「……本当に？」

編集者が僕を真っ直ぐ見る。

「カポーティは書ききることができた。自分の全ての魂を使い果たして。なのに……、きみは途中で投げ出すのか？」

彼の言葉は終わることがない。

「……がっかりしたよ。僕はきみのその姿勢に失望した。きみは自分の作品より、自分の生活の方が大事らしい。……帰ってくれ」

彼がもう一度煙草を吸う。

「きみの取材にかかった費用は請求しない。こちらとしては大損だけど……、もうきみに関わりたくもないから」

「……何も知らない振りをして、逃げてもよかったのですが」

僕が言っても、まだ編集者は煙草を吸い続けている。僕は大きく息を吸う。緊張していく自分を静めるために。

「木原坂朱里から、写真を見せられました」

言いながら喉が渇いていく。

「木原坂雄大が一枚だけ保管していた、彼女の昔の写真……。そこには、僕の知らない少女が写っていました。その前に木原坂朱里から見せられた、弟と写る彼女の写真とは全く別の。つまり……、最初の写真は合成。彼女を木原坂雄大の姉と思わせるための。僕を騙すための」

編集者は僕の顔を見ている。

「それだけじゃない。最初にあなたから見せられた木原坂朱里の写真も、『姉』に成りすましていた彼女の写真だった。わざわざ木原坂の家から出てきたように撮られた写真だった。本物の木原坂朱里を確認するための写真は恐らくもうほとんど存在しない。弟が所有し、今は彼女が持っているあの少女時代の一枚の写真と、小中の学校の卒業アルバムを除けば。だから僕は彼女を言われるまま木原坂朱里と思うしかなかった……。彼女、小林百合子の写真も、世間には公開されてない。『遺族』の強い意向でマスコミも公表を控えてる。あなたからの資料にも小林百合子の写真だけはなかった。朱里とされた写真も見せられただけで渡されはしなかった」

部屋の温度が冷えてくる。

「彼女から言われました。自分は『姉』の振りをしているだけなのだと。自分はある男に脅迫されているのだと。助けてくれと。……気味が悪く、意味がわからなかった。あの人形師にも会いました。そこには、吉本亜希子さんと小林百合子の燃えた写真があった。彼のコレクションの中に見覚えのある人形もあった。一人目の被害者、吉本亜希子さんの人形。その製作の依頼をした人物の顔を彼に描いてもらいましたよ。吉本亜希子さんの元恋人だというその男の顔を。……あなただった」

編集者は目を伏せ、ウイスキーのグラスに口をつける。

「あなたがこの事件に関わっていることがわかった。もしかしたら何かしらの復讐ではないかと、頭に浮かびました。もう一度写真を見た時、燃えていた小林百合子は、目が大分違うし印象も全然違うけど、雰囲気がどことなく『姉』に似ていると思った。混乱と同時に、恐ろしい予感がしました。一度『合成写真』を見せられていた僕の脳裏に浮かんだのは、この燃えている小林百合子の写真も合成ではないかというものでした。なぜそんな写真があるのか僕にはわからないですが。……もしそうであるなら、小林百合子は生きていることになる。実際、よく似た女性が『姉』として生きている。僕はずっと姉に成りすました小林百合子に会っていたことになる。死んだはずの小林百合子が木原坂の姉に成りすましている。では実際に燃えたのは……。答えは一つです。死体確認は家族がやる。あなたと小林百合子の名字が同じであることも偶然としか思えなかった」

僕はもう一度息を吸う。

「小林百合子は『姉』として、木原坂が撮った全ての写真と、あの吉本亜希子さんの人形を引き取りたいとあの人形師に電話で連絡してきたそうです。……彼女からすれば、全てを闇に葬りたい。あの人形は、この事件とあなたを繋ぐ、そして彼女を繋いでしまう証拠の一つだった。人形師は、でもその連絡を別の意味で受け取った。木原坂朱里が弟の裏で動き彼女達を殺させたのだと。人形師は木原坂朱里がすでに死んでいるなんて知らないから。木原坂朱里がレズビアンで、弟に彼女達を殺させたんだと。……嫉妬か何かで。この裏には何か不可解なことがあると思い、彼なりに考えたんでしょう。実物の吉本亜希子が死んだことで美しくなった人形を朱里は手に入れようとしているのだと。……彼らしい狂気的な推理です」

彼がウイスキーを飲み続ける様子を、僕はじっと見る。

「でも僕はわからない。なぜあなたは僕にこんな仕事を？　なぜわざわざ、上手くいった犯罪を蒸し返すようなことを？」

彼は答えない。僕は息を吸う。震えそうになる声をこらえながら。

「人形師の元から帰って彼女を問い詰めると、自分が小林百合子だと白状しました。本当かどうか知りませんが、自分は脅迫されていると言いました。だから私と一緒に逃げてくれと。私を手に入れて共に逃げてくれと。……さらに言われましたよ。その前に殺して欲しい人間がいると。何度もほのめかされていましたが、とうとう具体的に」

「……そう」

「……もう随分、あなたはこのウイスキーを飲んでしまいましたね。彼女から渡されたものです。……もうすぐ効いてくるでしょう」

男がグラスを手にしたまま僕をじっと見る。時間が過ぎていくが取り乱す様子がない。というよりも、男は取り乱さない自分を客観的に、不思議そうに感じているように見える。

僕が言葉を出そうと短く息を吸った時、不意に彼が口を開いた。

「……そうか。彼女はそんなことを。……ちなみに僕が飲んだのは睡眠薬かい？　それとももう手遅れな何か？」

「……手遅れなものです」

男と目が合う。それは数秒のことだったが、もっと長く感じた。

「……なるほどね」

「……でもなぜです？　なぜ彼女があなたを？」

僕が言うと男は短く笑った。

「きみは理由も知らず人を殺そうとしてるのか」

男はソファにもたれ、新しく煙草に火をつけた。自分の身体を確認するように少しだけ腕を上げ、右の手の平に視線を向けた。

「……私が本をつくろうとしてるからだよ。この事件の」

男が僕に視線を戻す。

「何も出版するわけじゃないのにね。……それをやめさせたかったんだろう。蒸し返すような危険な真似を。僕が今死んでも、『妻』を亡くした悲しみと簡単に受け取られるだろうからね。……ところで、あとどれくらい残ってる？　僕が死ぬまで」

僕は目の前のウイスキーのグラスを見つめる。部屋の照明を、琥珀《こはく》色の液体の表面が白く反射させている。僕はゆっくり、そのグラスに口をつける。

「……何も入ってませんよ。取り替えました。これは僕が持ってきたものです。……僕にはできない」

編集者はでも、安堵の素振りも見せない。彼と目が合う。数秒が経ち、さらに数分が過ぎていくように思う。でもやがて疲れたように、男は静かに口を開いた。

「きみの疑問はもっともだよ。……妙な依頼だと思っただろう。取材過程をそのまま、できれば進行形で書きその度に送ってくれと。……最初の文を読んだ時は驚いたよ。『あなたが殺したのは間違いない。……そうですね？』。まるでこの『事件』を象徴するような言葉だった。……だけど、きみは自分のことをちょっとよく書き過ぎてる。所々訂正しておいたよ。読者は書き手のプライベートも知りたい。なのにきみの恋人、雪絵さんの『ゆ』の字も出てこない。自分のことを隠して文章は書けない。だからその点も訂正しておいた。あとは木原坂の内面に少しも踏み込めていない。だから僕が彼と手紙のやり取りをしておいた。正体を隠してね。本当は取材対象の録音音源が欲しいところだけど、きみはそんなことすらできていなかった。だからそこはきみの主観に頼るしかない。……木原坂雄大が一度僕に書いてきた狂気の交換は、もう僕が彼にした行為によってすでに終わってるんだ」

「でもこんなことをしたら」

「いつかきみが気づいて警察に言うと？　その通りだよ。でもきみは律儀だから、その前にこうやって僕の元に必ず来るだろうと思った。でもね、そうなったらきみを殺してしまえばいいんだよ。原稿だけ書かせて……。きみもウイスキーに口をつけてしまったね。きみのグラスにはシアン化合物が塗られているのに」

僕は茫然と編集者を見る。

「きみからの原稿は訂正が多かったけど、まあ大体揃ったからね。……僕はきみの文体を気に入っていたんだ。僕は編集者だからゼロからものはつくれない。でもこれだけあれば後は文体も真似することができる。小林百合子が誰かを殺そうとしていたなんてきみの原稿にはなかったな……、そこも匂わすように加えよう。編集作業には時間がかかりそうだ」

鼓動が速くなり、目の前が霞んでいく。僕は震えていく右手を口にあて、吐くために指を喉に入れようとする。間に合うだろうか。僕は――。彼が不意にテーブルの上に瓶を置く。

「……大丈夫だよ。何もグラスに塗ってない」

彼が微笑む。

「いや、……塗ろうとはしたんだよ。ほらここに青酸カリがある。でもやめたんだ。きみと同じように。……なぜだろうね」

部屋の温度がさらに冷えてくる。自分がいつまでも編集者を茫然と見ていることに気づくまで、少し時間がかかった。僕は全身に汗をかいている。恥ずかしいほどに。男がそんな僕をじっと見ている。

「……墓を見たからかな」

「……墓？」

「うん。木原坂雄大と朱里の、父と母の墓」

男は深くソファにもたれ続けている。

「彼らのことを調べていくとね、幼少期の彼らの家庭が見えてきた。あのような彼らが生まれる土壌が、あそこには確かにあった。……アル中で暴力的という何とも単純な男と、子供達を残し失踪した女。……復讐なら彼らにもしなければならないと思って、全てが終わってからフラフラ彼らの居所を探したんだ。でも僕が行き着いたのは二つの墓だった。古くて、誰も花もたむけない小さな墓。雑草が生い茂っていて……。その時、妙な気持ちになった。墓の中の彼らに復讐をした後は、今度はその親にまで復讐しなければならないようなね、そんな気がしたよ」

男が微笑む。

「だからといって、僕は彼ら姉弟にしたことを少しも後悔していない。でも、僕はしばらくその場に座っていたんだ。わずかに動いていく空気の流れを頬や手の先に感じながら、……何時間もね」

そう言い、またウイスキーのグラスに口をつける。

「悲しみも憎悪も喜びも全て終わっていく。僕の人生もやがては過ぎていく。小さな石の墓の周りを、静かに風が通り過ぎていくように。……一体、何なんだろうね。……この世界は」

僕は煙草に火をつける。

「ところで……、この仕事を辞めて、きみは何をするつもりなんだ?」

「……雪絵と結婚します。それで、タレントのゴーストライターの仕事をもらいました」

自分の声が、微かに震えた。

「あなた達の正体を知った時、あの『蝶』の写真が目の前に浮かびました。個人の中にある、その個人も気づいていない真の欲望……。木原坂雄大には欲望がなかった。他人への羨望、その模倣でしかなかった。さらにそこから彼は死だけを願うようになった。僕は、恐ろしいことですが、その時気づいてしまったんです。……僕の真の欲望は、破滅的な人生を送ることでもない。荒々しいことを求めることでも、見事な芸術をつくることでもない。安定を求め、時々破滅に憧れ、職業は何でもいいから少しだけ皆から羨ましがられることだと。……僕は小説家にはなれないことがわかりました。だから、僕にはあなた達の本は書けない。初めに『姉』から言われましたよ。あなたには私達の本は書けないと。私達の領域にまで、来ることはできないと。……その通りだった」

「……大丈夫だよ。私が引き継ぐから。……私達二人で、これを『小説』にしよう。この今のシーンだけは、できればきみに書いて欲しいんだけどね」

僕は短くなった煙草を見つめる。

「……煙草もこれでやめます。今日の記念に、これが最後の煙草として」

煙を吸い、ゆっくり吐いた。白煙が優しく抜けていく。僕の中の何かが静かに出ていくように。灰皿で火を消す。潰《つぶ》された火は微かに細い煙を上げ、やがて見えなくなった。男が口元に笑みを浮かべる。

「……それがいい。きみは自分の生活を守っていけばいい。……世界が本質的に退屈であっても、その中で生き切る人間の姿は美しいのだから。……だけど、時々思い出してくれ。……人生を完全に間違えてしまった我々のことを。本当は、そのように生きていきたかった我々のことを」

　男が時間をかけて立ち上がる。ウイスキーを持ったまま。男はまた新しく煙草に火をつける。

「私はね、朱里に言われたよ。あなたは心配する苦しみを味わうために吉本亜希子を好きになったのだと。……恐ろしいことを言う女だよ。だけど……、理由はどうあれ、彼女を好きになったその気持ちだけはね、……本物だと信じたい。あの時だけは……、この世界は僕にとって、本当に美しいものだったんだ」

「……ええ」

「……どうだろうね。もし今の僕を亜希子が見たら……、彼女は僕をどうするだろう」

　僕はソファに座ったまま男を見る。僕からは、遠いところにいる男を。

「受け入れる、拒絶するという単純な二元論ではなく、認める、認めないということでもなく……、彼女は、……ただあなたを一度、泣きながら抱きしめるんじゃないでしょうか。……人生を間違えたあなたを。……わからないですが」

　僕が言うと、彼は微笑んだ。

「そんなに上手くいくかな……、どうだろうね、それに、……これはもう、僕の一方的な行為だから」

男はウイスキーを一口飲む。

「彼女はね、僕がつくる本が好きだった。昔、冗談で彼女に言われたことがある。……私がもし推理小説みたいに誰かに殺されたら、その本をつくってと。あなたが犯人を追って、私に代わって復讐するのと。彼女はとてもエネルギッシュな人だったからね。……僕は『小説』をつくって、まず木原坂雄大に送ろうと思っている。資料が混ざる不思議なつくりの小説を。彼の死刑判決がちゃんと確定した後にね。彼は拘置所の中で読み、自分がしてしまった真実を知り気が狂うだろう。それで僕の復讐は完結することになる。……編集者らしい復讐だろう？……もう彼はすでにおかしくなっているからね。国家や裁判官の陰謀だとか騒いでる有様だから、彼が真実を知って騒いでももう誰も相手にしない。彼は死刑になる。彼が死刑になった後、……この『小説』に奇妙な何かがやどるといいと思うよ」

男がどこかを見ている。僕がわからないどこかを。

「それで、彼女にもこの本を捧げる。彼女は目が見えない。だから映像の資料も全部文字になってるんだよ。さらに後で点字にもしないと。……だから、物語の最初のページには、彼らの名前を書くことになる。外国の小説のように。……でも日本人には気恥ずかしいから、アルファベットにしよう。これは『小説』だから本文では仮名を用いたけど、そこには彼らの本名を。……まずはあの死刑になるカメラマンへ、そして大切なきみに」

　男はずっとどこかを見ている。

「……全く同じ本を、片方には憎悪の表れとして、そして片方には愛情の表れとして……。

Ｍ・Ｍへ、そしてＪ・Ｉに捧ぐ」

本書は幻冬舎創立二十周年記念特別書き下ろし作品です。

中村文則　なかむら・ふみのり

一九七七年愛知県生まれ。福島大学卒。二〇〇二年『銃』で新潮新人賞を受賞しデビュー。〇四年『遮光』で野間文芸新人賞、〇五年『土の中の子供』で芥川賞、一〇年『掏摸〈スリ〉』で大江健三郎賞を受賞。『掏摸〈スリ〉』は世界各国で翻訳され、アメリカ・アマゾンの月間ベスト10小説、アメリカの新聞「ウォール・ストリート・ジャーナル」で二〇一二年の年間ベスト10小説に選ばれ、さらに一三年、ロサンゼルス・タイムズ・ブック・プライズにもノミネートされるなど、国内外で話題をさらった。他の著書に『何もかも憂鬱な夜に』『悪と仮面のルール』など。
公式HP＝http://www.nakamurafuminori.jp/

＊作品の性質上、あとがきは割愛しました。（著者）

去年の冬、きみと別れ

二〇一三年九月二五日　第一刷発行

著者　中村文則

発行者　見城徹

発行所　株式会社　幻冬舎

〒一五一-〇〇五一　東京都渋谷区千駄ヶ谷四-九-七

電話　編集〇三-五四一一-六二一一

　　　営業〇三-五四一一-六二二二

振替　〇〇一二〇-八-七六七六四三

印刷・製本所　中央精版印刷株式会社

検印廃止

万一、落丁乱丁のある場合は送料小社負担でお取替致します。小社宛にお送り下さい。

ISBN978-4-344-02457-1 C0093

幻冬舎ホームページアドレス http://www.gentosha.co.jp/

この本に関するご意見・ご感想をメールでお寄せいただく場合は、comment@gentosha.co.jp まで。

装画　佐藤翠

Embroidery Dress I / 2011 / ©Midori Sato / Courtesy of Tomio Koyama Gallery

ブックデザイン　鈴木成一デザイン室